想象另一种可能

理
想
国

imaginist

生于午夜

张晓舟

广西师范大学出版社
·桂林·

自序

鸟鸣

足球在我的童年记忆中，是和鸟儿联系在一起的。

一个大脚把球踢上了树，惊起一群鸟儿，落下几瓣木棉。

当然还有模糊不清的十二英寸黑白电视，宋世雄英模报告会的嗓音，苏永舜的中国队，桑塔纳的巴西队。那时候常想：中国队什么时候能出现在世界杯？但二十年之后，当中国队真的出现在世界杯，我却觉得有些无聊，好在能亲眼目睹巴西队夺冠，终于圆了儿时的美梦。

1994 年对我来说是一个里程碑：这一年巴西队夺冠，而我又爱上了一支球队——克鲁伊夫的巴萨。从巴西队和巴萨，我获得了某种自我身份认同，某种自恋的神话。而这就是骨灰级球迷的本质。

人生能有多少回世界杯？这真是个残酷的问题。一想到不能再看到巴萨踢球，我就会变得更怕死。

2010 年世界杯前夕我研究球员名单，发现年纪最大的范德萨也比我小好几个月，妈的，这是人类历史上第一次，世界杯所有球员年纪都比我小！这令我不得不承认：您老人家真的人到中年，离老年痴呆症渐行渐近啦。小时候我踢球喜欢指手画脚，被队友戏称为“教练”，那么瞧瞧杰克·尼科尔森成天在湖人队替补席旁边站起来指手画脚的德性吧，科学研究证明：不想当教练的球迷更容易得老年痴呆症。

上高一之后，我渐渐从一个街头少年转变成一个文青。现在我一年也难得踢两回球。在《米沃什词典》里，晚年的老诗人说：“在童年，我曾努力去了解一只鸟的名称和有关它的外表与习性，写作这种行当跟那种努力差不多。我曾着迷于一些咒语似的词语，仿佛一念就能使鸟出现。它们也使我时时想起我初次看见鸟的情形。我常常想起那种情形，成年以后依然如此，我知道跟事物本身比较起来语言是软弱的。”

如今，我也是徒劳地想用咒语似的词语，去重现鸟儿和足球，以及流逝的时光。

今天凌晨，当巴萨在伯纳乌险胜皇马，晨光熹微中，我听到了久违的鸟鸣。

2014 年 3 月 24 日

目录

辑 二

辑 三

辑 四

辑一

生于午夜

巴萨的口号是：不仅仅是一个俱乐部。但很多巴萨迷仅仅把它当成一个俱乐部。如果你只知道巴萨，那么关于巴萨，你又能知道多少呢？

汉尼拔之父

汉尼拔就是那个让意大利人永世难忘的迦太基悍将。而巴塞罗那是一座迦太基城市，名字即源于汉尼拔之父——Barca——汉尼拔全名是 Hannibal Barca，他老爹叫哈米尔卡。迦太基是一个北非帝国，而巴塞罗那是个典型的地中海混血城市。

地中海

凌晨六点我就从马德里坐车回到巴塞罗那，但天到八点之后才会亮，我在海滩游荡，直到曙光射进我疼痛的眼睛，甚至射出半滴清泪，我恍然忆起，上一次等待海上日出好像是童年的事了。地中海的太阳，红和蓝，这就是巴塞罗那的颜色。

孤独

我的背包里装着一本薄薄的写字本，是我的朋友黎文设计的，封二印着一句话：To Mr. Lonely，喜欢一个人孤独的时刻；To Ms. Lonely，但不能喜欢太多。在西班牙，除了在诺坎普，在巴萨进球时喊过一声“操”，我没说过一句中文。有一天晚上我突然发现我已经整整三天一句话都没说过。我甚至没给在西班牙的中国朋友打电话。似乎是为了享受孤独。但问题是有两次，我明明和十万人在一起，在诺坎普，我明明就是冲着这两场球（vs. 国际米兰，vs. 皇马）。To Mr. Lonely，喜欢和十万人一起狂欢的时刻；To Ms. Lonely，但不能喜欢太多。

恐怖分子

我给巴萨新闻官写信申请采访证，他痛快地回信说Sorry——像我这样想混个采访证的估计有几千人。如果买不到黄牛票，我的诺坎普朝圣之旅将变得极为可笑，球票焦虑令此行变得加倍刺激。在伦敦希斯罗机场安检时，我忘了先把粉红色巴萨水瓶里的茶水倒掉，结果被扣下，把茶水倒掉后，海关人员还把空瓶拿去化验，看看里面是否有自杀式液体炸弹成分。登上飞往巴塞罗那的飞机，我紧握粉红色巴萨水瓶，不禁幻想自己是一个加泰罗尼亚恐怖分子。生活的美好和荒诞取决于你自我赋予的喜剧感。

爱情

巴萨对国米黄牛票很便宜，六十欧，但差不多是最差的看台座位。巴萨对皇马的黄牛票就不是你想买就买得到的了，据说三百欧是起步价，而我问的第一个黄牛报的价就是三百欧，那是一个大帅哥，带着他的美女。他拒绝了我的还价，但当我掏出三百欧，他又请求我原谅他英语差，结巴了半天，意思是带我进去，进去之后我再把钱给他。这哥们跟女友吻别，吻了两次。我说你为什么不带你女朋友一起看，他说：我没有工作，需要钱，她可以回家看电视转播。我满腹狐疑地跟着他，最终他掏出两张季票证带我顺利过关。座位超乎想象的好，在一侧大门后面不远。我以为会和他一起看球，但他说了声对不起就跟我告别了，显然想用另一张季票再换三百欧，然后赶紧跟女友一起回家看电视。我不只记住了伊布的凌空射门，还记住了一个巴塞罗那黄牛党清贫的爱情、迷茫的眼睛。

自恋

最终我左拎国米脑袋右提皇马首级飞回伦敦，希斯罗机场电梯里一伙英国少年一见我的 Barcelona 帽子就“哇”了起来。

我为什么痴迷巴萨和巴塞罗那？我去巴塞罗那，寻找的也许只是自己，以自恋的方式，亲手打开一个足以淹没自己的星空。

屁股

赛后等主队球迷走了将近一小时后，客队球迷才能离开，国米球迷就像困在悬崖上，像一锅沸腾的烂肉烧焦粘在锅底。在地铁列车上，数百国米球迷一起边喊边跳舞——但与其说是跳舞还不如说是跺地——整节车厢被跺得摇摇晃晃，不明真相的围观群众会以为今晚获胜的是国际米兰，因为失败者尽力表现得比胜利者还要 High——这是失败者的荒诞游戏，我很理解和尊重这种“自我赋予的喜剧感”。然而，我想起 2002 年在日本的美好经历：巴西球迷和英国球迷从火车到赛场一直在斗歌，英国球迷胜在歌多声齐，而巴西球迷胜在屁股——他们的歌与舞是一体。虽然皮耶罗和卡纳瓦罗歌唱得不错，但意大利球迷既没嗓子也没屁股。只要有巴西球员在，巴萨的屁股就扭得起来，电臀王子——丹尼尔·阿尔维斯。

无色旅

我一直观察一位国米球迷，像一朵凋谢的花突然被狂风吹起，他不停狂呼，双脚疯跳狂跺，脸上是傻笑，但眼神完全是空洞的。这是极端球迷典型的形象。二三十年前，意大利的最大社会问题是恐怖组织“红色旅”，而现在似乎是极端球迷组织——但不管是“蓝黑旅”、“红黑旅”还是“黑白旅”，和当年勇于殉道的“红色旅”相比都只是盲目的“无色旅”。我并不是说理想主义的暴力就比空虚盲目的暴力更高级，但是，极端球迷仅仅是开玩笑想要总理的睾丸（AC 米兰球迷在圣西罗献给贝鲁斯科尼的标语：留下卡卡和你的睾丸），而“红色旅”是真的把总理（莫罗）杀了。祝贝鲁斯科尼睾丸永垂不朽。

快感

卡西利亚斯上半场三次借发球门球拖延时间，引来全场嘘声，皇马门神足足浪费了珍贵的一分钟，若以 300 欧一张球票算，每名球迷被他偷了 3.3 欧，10 万球迷就被他偷了 33 万欧。到了下半场最后，轮到少打一人又领先一球的巴萨消磨时间，但他们却是以精彩的控球，以愉悦的方式消磨时间，梅西、哈维、伊涅斯塔三人有意凑到一起，把对手耍得团团转。王者之所以是王者，是因为他们为足球、为足球之美而生，而不仅仅为了胜负。不管是贝利、马拉多纳，还是克鲁伊夫、济科，不管是齐达内、小罗，还是梅西、伊涅斯塔，都有一个共同的特征：他们本能地不喜欢比赛中断，就像不喜欢做爱正酣时被电话打断，球出界也急于重新开球发动进攻，他们不愿那踢球的巨爽快感被打断。

卡通球队

人们都说看巴萨的足球就像在玩 PS 游戏机一样。兰布拉大街的街头画家至今还摆着小罗、埃托奥乃至戴维斯的大幅漫画，尽管这些人都已离开。中国球迷称普约尔为狮子王，称伊涅斯塔为“小白”——真像小白鼠或小白兔，又将伊布唤做“神塔”——其实应该叫他“神鹅”。诺坎普在赛前和中场休息时会放联合国儿童基金会的宣传片：一只玩具熊被弃于街头，路人纷纷驻足，却没人把它抱起来。最后，阿尔维斯在诺坎普收到一个邮递的纸箱，打开一看是那只玩具熊，他神情凝重起来，紧接着伊布、伊涅斯塔等人纷纷发表爱的箴言。巴萨确实适合代言联合国儿童基金会，巴萨就是一支卡通球队，巴萨的比赛就像玩具总动员。

加泰罗尼亚人与巴西人

罗比尼奥有一句名言，就冲这句名言，他原本该去巴萨而不是皇马。在被问及是怎么练成踩单车过人绝技时他回答："这不是练出来的，在巴西，这就跟吃饭、冲凉一样简单，我也不知道自己要向左还是向右，这就像从一个房间走到另一个房间一样简单。"似乎没有一个欧洲教练会喜欢一个宣称"这不是练出来的"的巴西球员，但加泰罗尼亚人应该是最理解巴西人的欧洲人。

十八层天堂

我混在数千国米球迷中走上诺坎普最廉价的看台，爬了很长时间楼梯，十八层天堂，其感觉犹如爬圣家族大教堂。我矫情地学着聂鲁达的诗句（"美洲的爱，和我一起上升！"）默念："加泰罗尼亚的爱，和我一起上升！"一个国米人渣霸占了我的座位，好在还有其他空座，我于是到最高的一排，仿佛坐在火山口，一览众山小，看人头滚滚十万人一起涮火锅，仿佛踏着蓝黑敌人的尸体走上十八层天堂，颇有一种上帝俯视棋盘的感觉。最高最远最廉价的座位，对我来说是最好的座位。

处女地

巴萨就像蜂群，甜蜜地劳作，甜蜜地进攻。而在中世纪，蜜蜂象征着处女——蜜蜂无需丧失童贞便可繁衍，就像圣处女玛丽亚。那么，与圣家族大教堂遥相呼应，诺坎普俨然成了现代的处女地。诺坎普偶尔会收费举办婚礼。如果可以，无数球迷愿意将骨灰撒在诺坎普球场上，我猜很多人也梦想过在这片神圣的绿茵上野合万事兴——在处女地上播种。

阿尔科孔

诺坎普附近有两个地铁站，一个是 Les Corts，一个是 Maria Cristina，我喜欢 Maria Cristina，漂亮的名字，她是西班牙王太后，对大提琴宗师帕勃罗 · 卡萨尔斯有知遇之恩。世纪大战那一天，一出 Maria Cristina 地铁口就遭雨淋，幸好有一姑娘在一条一条地发围巾，我当然乐于拿一条在头上挡雨，一条黄蓝围巾。一开始我以为是什么赞助商的广告围巾，后来进了诺坎普仔细一看，才发现是西班牙丙级队阿尔科孔的围巾！这支马德里地区的小球队因为在国王杯上狂胜皇马而举世闻名——但阿尔科孔球员全都是皇马的球迷！旁边的巴萨球迷一直满脑狐疑地盯着我——怎么会有一个亚洲人挥舞一条西班牙丙级队的围巾？发围巾那姑娘的目的达到了：在世纪大战这个梦幻剧场，一个中国人成为她的球队的模特。

婴训

世纪大战前一天，我在诺坎普旁一座小球场，观看了西班牙丙级联赛巴萨二队的比赛，恩里克率队 2 比 0 获胜。旁边一个袖珍球场上，一班八九岁的巴萨小朋友在训练，据说其中有古德约翰森的儿子。巴萨专卖店也卖巴萨牌婴儿奶嘴——青训、童训、婴训，算你狠！我恍然见到一伙婴儿叼着奶嘴在地上乱爬，扑向一个足球，而且遵照克鲁伊夫圣旨，爬都要爬出 433 阵型。

左派足球

很多次，梅西进球后右手按着左胸——那是队徽和心脏，这让我想到 1974 年的克鲁伊夫，那张旧明信片上克鲁伊夫第一个钻出帐篷冲进球场的刹那，右手按着左胸。这张旧明信片卖两欧，我第二次去准备买下时已没了，后悔终生。世俱杯决赛梅西用胸将球撞进球门，巴塞罗那媒体一致高呼：梅西用心进球！梅西用队徽进球！足坛名士梅诺蒂以其惯有的知识分子气质将足球分为左派和右派。在 2009 年 9 月的《踢球者》杂志上,他为“左派足球”下了定义:“最慷慨、最艺术、最精致的总是属于左派，慷慨、开放，对观众有所承诺，因为身兼代表性和归属感而倍感荣耀这些在我看来更多属于左派而非右派”，“右派是另一种足球，观众不重要，唯一在乎的是结果”。梅诺蒂认为国际米兰是右派，他奇怪地没提到巴萨，但谁都知道，巴萨是最典型的左派。左派足球和左派政治很容易被混为一谈。克鲁伊夫加盟巴萨，被说成是因为他反佛朗哥，其实更大的原因是阿贾克斯背着他和皇马谈判激怒了他；克鲁伊夫拒绝参加 1978 年世界杯，被视为反阿根廷独裁政府，其实更大的原因是他家中被盗令他分心。但加泰罗尼亚人更愿意神化他，把足球政治化。国际米兰极端球迷在政治上是偏右的，但莫拉蒂和萨内蒂又曾经公开支持萨巴塔游击队，还专门将国米球衣送给左派新偶像马科斯副司令。梅诺蒂是左派足球的捍卫者，但他支持左派政治吗？不，他当年算是阿根廷军政府的合作者。

高迪

1926 年，高迪悲惨地死在水口市场后头一个贫民救济院。被电车撞倒后，人们以为这个一身脏衣的糟老头是一个流浪汉，就把他送去贫民救济院，他痛苦地捱过了三天才死去。其对上帝的虔诚一如巴赫，但远不像生过一大窝孩子的巴赫，高迪单身，其生平难以考证。正是这位近乎禁欲的圣徒奇异地把世俗生活之美和神性结合起来，他的建筑仿佛也是献给上帝的鲜花、冰淇淋、巧克力。我找不到那家贫民救济院，但你可以把随便哪个在水口市场买巧克力的老头想象成高迪。

卡雷拉斯

瓜迪奥拉的《角斗士》欧冠励志短片片末用了帕瓦罗蒂的《今夜无人入睡》，但下一次最好用卡雷拉斯的。卡雷拉斯喜欢去诺坎普，他总是忘了保护歌喉而为巴萨狂吼：“我在球场像疯子一样大喊大叫，最初两声我还能有所控制，但第三声我就什么也做不了了，我再也无法控制自己。”他说：“作为加泰罗尼亚人，我首先是一个真正的狂热巴萨球迷，我生于巴塞罗那，我的球队就是巴萨，她是我的语言，是我母亲的奶汁。”“三高”之中，帕瓦罗蒂是尤文球迷，多明戈呢?

卡雷拉斯指出："三大男高音中，只有多明戈存在缺陷——他是一个铁杆的皇马球迷。"

萨马兰奇

2002年世界杯在韩国见过一位负责跑中国队的英国老记者，他自我介绍说他写过一本萨马兰奇传记，中国也翻译出版了。不知他有没有写萨马兰奇担任佛朗哥政府体育部长那段历史。

中国球迷谨记，这位中国人民的老朋友在加泰罗尼亚臭名昭著，即便1992年巴塞罗那奥运会也洗刷不了他的恶名，没人会去参观当年的奥运村。奥运会是昙花一现的，诺坎普才是永恒的。

书店

兰布拉大街上有一座18世纪的漂亮宫殿，其中一部分如今是一个书店——加泰罗尼亚政府的官方书店。我在里面待了近一个小时，没发现有人买书。这书店肯定是赔的，但对加泰罗尼亚人来说却是大赚的——一个绝佳的形象工程：里面摆满了有关加泰罗尼亚的书，临街橱窗陈列的是加泰罗尼亚艺术五大师：高迪、毕加索、米罗、达利，还有卡萨尔斯。

我见过的中国最酷书店，是南昌机场一家小书店，其标语是：每人每年应该读一百本好书。书店里垃圾成山，我还是含羞而去，因为显然我是达不到年度读书指标的，哪怕是读一百本烂书。

无政府主义

巴塞罗那也是无政府主义的圣城。只不过从前无政府主义意味着城市游击战，如今则是朋克青年自治精神，枪变成了吉他。加泰罗尼亚自治政府和无政府主义者差不多相安无事，因为他们在自治精神上是相通的。巴塞罗那的 Squat 青年自治空间通常都是理应遭到强拆的违章建筑，但正是这些违章建筑构成了地下无政府主义左派朋克青年文化的奇观。这些 Squat 往往在火车铁轨旁，多少象征了“walk on the wild side”的边缘反叛。从巴塞罗那华人浸信会拐弯出来就是一个积木般胡乱建起来的后现代朋克山寨，我走进去，几十个青年正在听讲座，我一句也不懂，但在酒吧看到不少有关墨西哥萨巴塔游击队的传单。走出 Squat，列车呼啸而过，月黑风高，亡命天涯。我的理想在那儿，我的身体在这儿。

四大天王

如果非要在毕加索、达利、米罗、塔皮埃斯四大天王中选一个加泰罗尼亚画神，谁最合适？毕加索是马拉加人，只是少时搬到巴塞罗那。达利曾接受佛朗哥的大勋章，非要上纲上线的话甚至也堪称加泰罗尼亚叛徒，毕加索和布努埃尔都因此和他绝交，相信洛尔卡如果没被法西斯杀害，迟早也会和他绝交。因此，巴萨俱乐部不可能找达利画画。1974 年，米罗为巴萨七十五周年生日作画，1999 年，塔皮埃斯为巴萨百年作画。这两张海报在诺坎普专卖店有售，6.6 欧一张。

艺术即奶酪

我在当代艺术馆消磨了整整一个下午。这儿有一个约翰·凯奇回顾展，除了他的曲谱手稿、信件、藏书（那本对他具有决定性影响的英文《易经》)，以及他的合作者、学生或受其影响的艺术家（比如白南准）的作品，还可以戴上耳机听他的大量作品。还见到一张约翰·凯奇和杜尚下棋的照片，正如杜尚影响了凯奇，克鲁伊夫影响了瓜迪奥拉。我说过克鲁伊夫就是足球的杜尚，一个创造并出售观念的人。偌大的艺术馆弄这么一个没有多少人光顾的展览并不出奇，出奇的是我后来发现在一家奶酪店门口贴着一张约翰·凯奇回顾展的海报，这多么符合约翰·凯奇的理念：艺术即奶酪（或者他最爱的蘑菇）。

无头女鬼

对达利，我有一个从喜爱到厌恶（虽然不是全部厌恶）的过程。我对他的家要比对他的画更有兴趣：从巴黎到加泰罗尼亚。在达利晚年住过两年的普波堡，二楼放着他的黑胶唱机和一个唱片箱：有贝多芬、舒伯特、莫扎特……（好像没有巴赫）还有瓦格纳、马勒、斯特拉文斯基，这几个恐怕更契合达利。偌大石屋里回荡着瓦格纳，我走上三楼，上面竖立着一具具卡拉（达利老婆）的晚礼服和长裙，幽暗的房间，肃穆的瓦格纳，五颜六色的无头女鬼……如果达利去拍鬼片或僵尸片，我会重新喜欢他。

奶油吐司乌托邦

在伍迪·艾伦之前，对加泰罗尼亚旅游事业贡献最大的外国文艺人士应该是乔治·奥威尔。1936 年他曾作为国际志愿军参加西班牙内战，抗击佛朗哥。在一座教堂前我见到一张“乔治·奥威尔之旅”广告，只要交十来欧，就可以带你走一走这位英国作家、记者兼战士在巴塞罗那生活和战斗过的地方。早餐吃奶油吐司的时候，我想起乔治·奥威尔的《向加泰罗尼亚致敬》，说的是加联党一个哥们的战壕策反工作，他不是高喊革命口号，而是一一列举己方的食品：“‘奶油吐司！’——谁都能听到他的洪亮嗓音在寂静的山谷回响——‘就在这儿，我们正坐下来吃奶油吐司！多么可爱的奶油吐司切片啊！’其实，我丝毫也不怀疑，他和我们一样，已经有好几个星期或好几个月没见过奶油了。但在如此寒冷的夜晚，关于奶油吐司的消息，大概会使法西斯分子流口水了。这甚至也让我流了口水，尽管明明知道他在撒谎。”这子虚乌有的奶油吐司，大概也是我喜欢乔治·奥威尔、喜欢加泰罗尼亚的一个理由。

一根线

在山上的米罗基金会，我看了成百上千米罗的画，绚烂得实在太甜腻了，甜腻得我得来杯浓茶。但在最后，我看到他生命最后一年的一幅画，差不多是临终的画，尺幅很大，但上面只画了一根线。米罗这才真正震撼了我，在这根线面前，呆坐了许久。

鸽子和海鸥

我从没干过如此无聊的事——这一般是老头老太太的工作——那就是一大早拎着袋自己难以下咽的面包屑，向鸟们展示自己多么大爱无疆，这可能类似余秋雨向灾区捐书。在巴塞罗那港口，在一群海鸥和一群鸽子中间，我陷入了美学与道德的两难。从美学角度看，我更欣赏海鸥的矫健灵敏，他们总是能漂亮地低飞俯冲，精准地从鸽子面前甚至口中叼走面包，而鸽子又胆小又笨拙，傻瓜加瞎瓜，有时面包就在面前也看不见。最后，我只能站在弱者一边，扬手冲海鸥说："行了，你们该滚了，轮也该轮到他们了！""轮也该轮到他们了"这句话出自舌头乐队我最喜欢的那首《乌鸦》。然而，不正是大爱无疆的人们把鸽子培养成这副大腹便便的阳痿操性吗?

借火

在吉罗那（Girona）火车站，我叼着烟想找人借火。有个抽烟的老头，但我不好意思打扰一个七老八十的老头，就走开了，一直叼着烟逛了半小时也没碰见抽烟的人，然后走回火车站准备回巴塞罗那。我低头走路，突然眼前一亮，有人伸手朝我点燃了打火机，抬头一看：就是刚才那老头。我永远记住这个矮个老头和他的火——加泰罗尼亚的火。

吉罗那还出了一个神童，叫德乌洛费乌，据说可能成为加泰罗尼亚的梅西。

果汁

每天晚上我都到兰布拉大街的水口市场去喝鲜榨果汁。有一天晚上八点行将收市，我给一个姑娘递过去两欧，她竟摆手示意打烊了，把果汁一杯一杯收走。而不远处另一个姑娘却开始降价清货，我放下一欧端起一杯奇异果就走，没想到姑娘叫住我，提醒我可以端走两杯，从两欧一杯到一欧两杯，我又端了一杯菠萝，后果是在随后一个教堂古典吉他音乐会上尿急（而教堂没有洗手间）。不禁对那个宁可倒掉果汁也不搞降价促销的姑娘肃然起敬，节操！这就是巴塞罗那的两面：一面是灵活务实的商业实用主义，另一面是清高——在那个清高的姑娘身上，是否也可以看到一点巴萨的气质？

旧球票

在兰布拉大街临海的旧货市场，我花六欧买到一张1965年巴萨对毕尔巴鄂的比赛海报，还见到一本学术专著：《巴萨：1899—1938》。在皇家广场星期天二手市集上，有人专门卖巴萨的旧球票，越是久远的越贵，六七十年代一张票面价只相当于几欧的球票，如今竟有些人花几十欧买去珍藏，一张 1973 年巴萨在伯纳乌 5 比 0 狂胜皇马的球票如今价值数百欧！从未见过如此丧心病狂的收藏癖。从旧球票的价格来判断，我买的那张海报估计不是 1965 年而是后来新印的——就像如今市面上的“文革”海报一样。

艳遇

巴塞罗那到马德里的火车票贵得令我心如刀割，即便淡季打了折仍然要一百多欧，怪不得车厢空空荡荡。我在空空荡荡的车厢趴着睡觉，醒来才发现头顶的电视在放伍迪·艾伦的《情迷巴塞罗那》，在开往马德里的列车上放这片，这不是气死马德里旅游局吗？伍迪·艾伦分文不收就为巴塞罗那拍了这部牛逼的城市宣传片，这部电影势必大大提升这座城市的艳遇指数——但是当两位美少女在地铁口拿着地图向我问路，我察觉到其中一位趁着同伴跟我说话，在摊开的地图掩护下，碰了一下我裤子里的钱包，而我报以一笑。

迷路

“唯有迷路，足以测量一个城市的深度。”越远离市中心，外来移民越多，语言越不通，道路和建筑越混乱，当然越容易迷路。令人头疼的不是那些对你说不知道的人，而是那些斩钉截铁指路而又指错的人——这也是很多加泰罗尼亚人或者说不少左派的特征：错误的热情，对缺乏把握的事情信誓旦旦，而我也信以为真，并且完全谅解对方热情的错误，这也许可以说明我为什么喜欢加泰罗尼亚以及左派。因为迷路，我错过了一个 Squat 的拳击赛和朋克演出，但遇见了不少热情的加泰罗尼亚人、印巴人、非洲人，我看到了一个游客看不到的多元、混乱、复杂的巴塞罗那。在市区我也迷过一次路，正在我火急火燎的时候，一行中文撞过来：巴塞罗那华人浸信会。而在纽约我见过更酷的：古巴华人纽约同乡会。

忧郁的王宫

埃斯科利亚既是王宫，又有教堂和坟墓，雄伟而单调，法国诗人戈蒂耶说："待在埃斯科利亚，令人压抑、沮丧、忧郁，以至于祈祷也无济于事。"太阳门广场上有一支多达十一人的卖唱乐队，我从未见过编制如此复杂庞大的街头乐队，手风琴就毫无必要的多达三个，纯属堆砌。嗯哼，怎么像在说皇马？

太阳门

在马德里太阳门地铁站，一个衣冠楚楚的老头在拉小提琴，他老婆陪着他，头戴漂亮的礼帽，嘴上的口红浓艳欲滴。老头拉得不好，但他锲而不舍，一遍又一遍，拉错了从头再来。显然，他根本不是为了讨钱。在太阳门广场上，一个没有双臂的人嘴叼着一个装着硬币塑料杯讨钱，摇头晃脑神气活现地摇晃出令人肝颤的节奏。附近一个书店门口，一个落魄文人坐在地上奋笔疾书，地上摆的牌子写着："我卖诗，你觉得值多少你就给多少。"我喜欢这样的马德里，人活得多有尊严，阴沟里的星空。

中 指

到伯纳乌跟前，竖了一根中指，然后掉头就走。当然，皇马球迷也可以去诺坎普，如法炮制。

广 场

两次去巴塞罗那我都住在皇家广场：椰林，柱廊，街灯，一个迷人的法式小广场。街灯是高迪年轻时设计的，毕加索在广场一角订做过皮衣。我不喜欢马德里五月二日广场，这是 1808 年西班牙人抗击拿破仑的战场，有个纪念烈士的拱门，广场上阴森逼人。巴塞罗那皇家广场是拿破仑入侵后法式建筑风格影响的结果，尽管马德里广场是爱国主义圣地，但我就是喜欢被拿破仑“殖民”后的巴塞罗那皇家广场。

短斗篷

18 世纪在马德里发生过一次滑稽的“斗篷起义”。起因是波旁王朝的卡洛斯三世蔑视西班牙传统，竟把治安混乱归因于西班牙人爱穿长斗篷戴宽边帽——很容易暗藏凶器——遂下令市民一律改穿欧式“现代”的短斗篷，改戴小三角帽。这好比吾国辛亥革命前，辫子是万万割不得的，于是卡洛斯三世的圣旨引来一场流血暴乱。然而，短斗篷终于还是战胜了长斗篷。世纪大战那天，无数穿着印有巴萨队徽的短斗篷式雨衣的球迷在茫茫雨夜中向诺坎普进军，无数红蓝幽灵在诺坎普游荡，仿佛在迎候入侵的佛朗哥军队。那是世界上最酷的雨衣。

性行为

让·科克托说：“写作是一种性行为，否则只是写字。”足球是一种性行为，否则只是“脚球”。

未知的美

让·科克托说："他害怕冒犯了未知的美。"即便有详尽的草图，高迪也要等上数百年——圣家族大教堂还远未建成。而对梅西来说，未知的美只需十分之一秒，对手和观众无法判断他的下一个动作，甚至连他自己也不知道。同样，你不知道凯斯·杰瑞特（Keith Jarrett）的下一个音。

加泰罗尼亚不是西班牙

1973 年 2 月 15 日，巴萨客场战皇马，为了专心备战，克鲁伊夫提前让妻子剖腹产，他给儿子起了个加泰罗尼亚名字：Jordi。一周后，克鲁伊夫率队在伯纳乌以一场惊天地泣鬼神的 5 比 0 庆祝 Jordi 的诞生。十九年后，约尔迪·克鲁伊夫也加盟了父亲执教的巴萨梦之队。一个荷兰人就这样成为加泰罗尼亚人的神。

分裂

巴塞罗那最有趣的在于：你可以从中尽情享受自己的分裂，巴塞罗那把人格分裂变成狂欢节。高迪的苦修和达利的贪婪是两极，高迪的神性和毕加索的渎圣也是两极。在毕加索故居博物馆见到他年轻时画的一张素描：一个侍者一边端着一盘烧鸡，一边拉出一根粑粑（老毕一定有用屎作颜料的冲动）。在马德里索菲亚女王中心，达利的一个大杂烩作品里，有一个女人给男人口交的小小雕塑。在加泰罗尼亚，如果你在海边游泳后穿着短裤湿漉漉地走进教堂去做弥撒，不会被轰出来。供奉黑贞女的蒙塞拉特修道院，就坐落于状如阳具的群山巨石之中。神与人、灵魂与肉体，在这座地中海城市相拥而歌。

内战

蒙塞拉特修道院附近的山上，有一个西班牙内战烈士纪念雕像。但西班牙内战的最佳纪念雕像，应该是劳尔和普约尔在国家德比之后相拥而行的背影。

食色

巴萨为什么能踢出最漂亮的足球？去兰布拉大街那家性用品商店，瞧瞧那些像达利一样无所不用其极的奇技淫巧就知道了；去水口市场，瞧瞧那些像米罗一样华丽的水果摊、冰淇淋摊、巧克力摊（一百多种巧克力！）就知道了。

另一个麦加

瓜迪奥拉喜欢毕尔巴鄂竞技队，甚至说过考虑有朝一日去执教这支球队，除了因为喜欢贝尔萨教练，恐怕还因为加泰罗尼亚人和巴斯克人作为“分离主义者”的惺惺相惜。巴萨作为加泰罗尼亚象征，其政治特性固然是最重要的，但不要忽略，决定其足球风格的，还有一个地中海大城市的商业活力，以及肆无忌惮的享乐主义狂欢气质，这与毕尔巴鄂截然不同——巴塞罗那的政治经过商业的调和，加泰罗尼亚民族主义也经过全球化的中和。巴塞罗那就是享乐主义者的麦加。

尖刺与尖塔

“用一根尖刺去反对一座尖塔，但也只是一根尖刺而已。”我们都是尖刺，而高迪是尖塔，克鲁伊夫则是塔尖上的鸟儿。

永 恒

就是哥伦布雕像下的旧货市集上，一枚斯托伊奇科夫的旧像章；就是圣家族大教堂背后的草坪上，一个穿着梅西十号球衣奔跑的小男孩。

生于午夜

海明威有一部关于西班牙斗牛经典作品叫《死于午后》，他更喜欢那个酷烈的西班牙，喜欢安达卢西亚以及潘普洛纳，如果他是个足球迷，那么塞维利亚或奥萨苏纳也许更对他胃口。而在巴塞罗那，斗牛并不盛行，甚至正立法严禁斗牛，地中海精神始终是均衡的。巴塞罗那人到下午才吃午饭，他们黑白颠倒。诺坎普上空的月亮和你的眼睛一样充血，成了午夜的太阳——而在无数个北京时间的午夜，巴萨成了我的太阳。不知道卡雷拉斯有没有用加泰罗尼亚语翻唱过《我的太阳》。

（2009）

克鲁伊夫在天上看你

“他有着大天使的美，而不是小天使的美。”那年头巴黎盛产美男，但这句话说的不是王尔德也不是莫迪利亚尼，竟是杜尚。这是我第一次看到杜尚的照片，妈的，没想到这个在美术馆端小便池、在楼梯口扒光新娘衣服的光棍*如此玉树临风！真的是大天使的美,不是小天使的美。这个宣称“我不相信艺术，只相信艺术家”的老兄的确是形神统一、作品与个人形象浑然一体。

你可能觉得我太跑题了，但跑题的原因恰恰不是因为事情太复杂，而是太简单：看似相去甚远的人和事往往有着惊人的相似性。或许跑题是一种噱头，一种炫耀，以及骗稿费的巧妙方式，但或许，跑题和玩魔方一样，不过是用貌似繁复的手法回复简约，比如大天使和小天使的区别，或者艺术和足球的某种一致性。看到杜尚照片之后我节外生枝地想：

这个人跟克鲁伊夫怎么长得那么像，从相貌到脸上的气质，一种傲然独立的淡定。在这里形容词和比喻都变得愚蠢。“他有着大天使的美，而不是小天使的美。”想象不出比这更牛逼的对一个人的赞美。

实际上和克鲁伊夫长得最像的，是恐怖海峡（Dire Straits）乐队的吉他歌神马克·诺夫勒（Mark Knopfler），二人岁数相近，我猜他们也互相欣赏。马克·诺夫勒引领万人大合唱 *Brother in Arms* 的情景，像极了诺坎普的克鲁伊夫。*Brother in Arms* 这首歌颂二战士兵情谊的挽歌，也不妨被当做足球歌曲。但与其说它赞美了伟大的集体主义情感，还不如说它同时也唤起了一种亘古荒凉的孤寂，唤起了一种千军万马中的孤独。克鲁伊夫始终是孤独的，但他以他强悍的孤独，重塑了足球的未来。

看得听得多了，在脑子里在心里留下的不会越来越多，反而会越来越少，报名参加天使合唱团的人很多，但入选的总是少得可怜而且领唱的总是只有那么几个。杜尚说（以其自己为例）：“一个人的作品其实就那么四五件，其他不过是凑数的。”如果遵循英雄史观，整部足球史堪称“大天使”的人物也就那么四五个，而即使是“小天使”，不过也是一些凑数的。

有一阵广州到处都有巨大的汽油广告牌：车如贝克汉姆，动力无极限。这就是这个时代以及这个时代足球的“终极关怀”：“动力”取代了美感和韵味，汽油取代了美酒。我不属于e时代，这从我不会用电脑已得到证明，我不属于“动力人群”，似乎也可以从我不太喜欢“动力人群”的偶像贝克汉姆和库尔尼科娃得到证明。我喜欢的人物往往既是遗老遗少，又是先知先觉。

但是对克鲁伊夫，我又了解多少呢？我只完整看过他一场比赛——1974世界杯荷德决赛，确切地说，我只牢牢记得他四五个镜头——太少了是吗？但是你可以去问问你的情人，他（她）能否回忆起，你老人家四五个令他（她）无数次午夜梦回心跳不已的灿烂镜头。四五个，这就够了。关于克鲁伊夫，我实在所知不详，而我可以明白地告诉你贝克汉姆老婆的胸罩尺寸以及他家里保镖和保姆的人数。e时代的足球只有明星，没有天使，只有“零距离”，没有敬畏和神秘，没有克鲁伊夫式的狂狷和轻逸。我每周都在看贝克汉姆踢球，但等了十多年也没找到克鲁伊夫的纪录片。

有贝利的废话真理，就有马拉多纳的朋克哲学，有贝肯鲍尔这样的皇帝，就有克鲁伊夫这样的义军领袖。贝肯鲍尔和克鲁伊夫，好比艺术史上的毕加索和杜尚，一个活到老画到老，一个早早看破一切金盆洗手，下棋，聊天。作为球员，克鲁伊夫在世纪最佳欧洲球员评选中击败贝肯鲍尔，但作为球员和教练，贝肯鲍尔都拿过世界冠军，这是克鲁伊夫不能比的，比做官克鲁伊夫更不行。贝肯鲍尔堪称足球运动的头号全才，而克鲁伊夫看来已注定要以球评家的身份度过余生，而且他主要是充当巴萨球评家。

确切地说，克鲁伊夫是足球思想家，足球理论家或评论家遍地都是，足球思想家却差不多只有克鲁伊夫一个。对足球来说，思想未免太奢侈，对思想来说，足球尤其是当今的足球未免太贫乏。当年对于艺术和思想（观念）的关系，杜尚也作出了类似判断并且作了一个痛快的了断，站到艺术的对立面去表达艺术。现在，克鲁伊夫差不多也成了当今主流足球运动的敌人，贝利贱到连中国队都吹捧，克鲁伊夫却傲到连巴西队也狂骂。韩日世界杯决赛前，在举世高唱 3R 赞歌的时候他声称巴西队只有卢西奥踢得好，这个极其不合时宜的评论遭到包括卢西奥在内几乎全世界的抨击。他这种几乎目空一切的评论已越出足球范畴而上升到“形而上”，假如你只把克鲁伊夫看作斯科拉里或者范加尔的论敌那就太小看他了，这个高傲的荷兰人关心的何止是谁输谁赢，他始终直指足球的终极或者说命根：你快乐吗？1996 或 1997 年克鲁伊夫曾撰文指出：90 年代足球没有领袖。他曾对罗马里奥寄予厚望，但嫌“罗马里奥太喜欢享受生活”了，克鲁伊夫揭示了足球的时代转型：商业时代汹涌而至，从前球员醉心于在球场上享乐，现在反过来，他们在球场外的生活中享乐，而球场上享乐主义的狂欢气息却越来越少，球踢得越来越实用、枯燥。

从“全攻全守”（准确说应该是“全能足球”）到“核战术”，克鲁伊夫的足球思想多少是有些复古的——回到众神狂欢的史诗时代，打破工业主义人为的角色划分，扬弃整体划一的机械理性主义，创造全才和通灵者。克鲁伊夫又是革命的，如果非要上纲上线的话，也可以说是后现代主义。在他惊鸿一瞥昙花一现的“核战术”中，场上没有一个中心，每个人都可以是中心，每个人都没有攻与守的刻板划分，每个人既是开端又是终极，混乱即秩序，即兴即自由。越过克鲁伊夫的肩膀，倾斜奔泻的绿茵场似乎更像后现代思想家笔下的无际高原……但对足球来说，克鲁伊夫只是一个遥不可及的乌托邦，天使何须沦落人间，他完全是在俯视，卢西奥在抨击克鲁伊夫的同时肯定暗自狂喜：他奶奶的，克鲁伊夫在天上看我！

在荷兰，如今风车不多了，风车越来越孤独，而现在中国足协正忙于把荷兰风车拆散了搬到中国来。所以在你们大谈亨根、阿德里安塞、阿里汉的时候，我要说的是他们的队友克鲁伊夫。我知道，有一架大风车是永远拆不了的，在平原的尽头，一架大风车伫立，永远在风中激动。

(2003)

又及：2010 年，一颗由一对荷兰夫妇于 1960 年发现的小行星，被国际小行星命名委员会正式命名为"克鲁伊夫行星"。

---

* 杜尚的三个代表作：《走下楼梯的裸女》、《甚至新娘被一班光棍扒光衣服》、《泉》(即那个便池)。

迂回

瓜迪奥拉在巴萨的四年，究竟给这个世界带来什么？仅仅是带出了一支很多名宿心目中“足球史上最佳球队”吗？现在一时未必能说得清楚，或许必须同样以迂回的方式慢慢认识。

瓜迪奥拉的告别已经成了巴萨球迷一个流动的圣节。本来以为国王杯到手后诺坎普的庆典是最后一次了，结果昨晚又来了一场五人制慈善赛，网上居然还能看到直播。如此漫长的告别，把告别当成了一次又一次狂欢，这让人相信，这只是为了聚会的告别。

对瓜迪奥拉的最佳赞誉来自鹅王伊布，鹅鹅鹅，曲项向天歌，他在离开巴萨后连瓜迪奥拉的大名都不愿提，而是称之为“那个哲学家”。

没错，如果说克鲁伊夫曾经创造了某种足球的哲学，那么瓜迪奥拉便进一步发展了这种哲学。这种哲学未必能保证成功，未必能保证胜利，但恰恰正因为它具有某种超越胜负的特质，它多少触及了形而上的那根琴弦。而很多时候，人们只知道生火做饭，焚琴煮鹤。

但是我们听到了琴声，有时候琴声如诉，有时候只是万籁俱寂，一声绝响，如同达明一派《爱弥留》那一句——“一生不过一声，没一刻可以安静”，一生要的只是那一声，哪怕是弦断之声。

瓜迪奥拉是资深文青。几年前他曾说：“有时候，我对一些人文话题的关注，反而会让其他很多人感到担心。我必须把自己关于文学、电影和音乐的爱好都隐藏起来，否则有人会问，这个人好好的，怎么二十二岁就喜欢读马蒂·波尔（Miquel Martii Pol）的诗、喜欢听利亚赫（Lluis Llach）的老歌？”在巴塞罗那兰布拉大街，瓜迪奥拉经常带妻儿去看戏的莱西奥戏院附近，有一条小路有好几家不错的唱片店，其中不难找到 Lluis Llach 的唱片。

2006 年年底，瓜迪奥拉应邀参加一场文学和足球的研讨会。研讨会当天刚好是巴萨对巴西国际的世俱杯决赛，组会方认为他不会来了，没想到他还是来了，而且提着行李，准备会毕和家人去度假。有趣的是研讨会现场大屏幕放着比赛直播，现场好几百人暂停文学讨论而先关注比赛。只剩一小部分人仍围坐着专注地讨论文学，瓜迪奥拉就是其中之一。

对于嚷嚷“炫丽巴萨不是足球的全部”的朋友，我只想劝他好好修理一下自己的极权思维，难道有谁说过巴萨是足球的全部么？“炫丽巴萨不是足球的全部”——扛着这么一个八百斤重的白痴伪问题踢球您累不累？而对于觉得巴萨“只剩下技术了”、觉得巴萨“令人昏昏欲睡”并且动辄就以所谓“理性”“意志”自居的朋友，我想说的一个词是：sensibility，感受力。人最基本的感受力，对我来说才是生命。如果阁下嫌我不知所云，如果您不能像卡萨诺瓦或者韦小宝一样鉴别女人的皮肤，那就好好摸一摸 iPhone 和 iPad，感受一下乔布斯给你带来的触感也行。

这不仅仅是一个艺术审美的问题。如果要用一个词来形容巴萨的球风,我不会用所谓“攻势足球”或者“全攻全守”，那都过于简化了，我想说的那个词是——迂回。巴萨不是一条道走到红向前进向前进的革命正规大军，他们始终是百折千回的游击队。

法国哲学家德勒兹在《批评与临床》写道：“语言应该达到向女人、动物和分子的迂回，而任何迂回都是一种必死的生成。无论在事物或语言中，都没有笔直的路线。句法是所有必要迂回的总和，哲学被创造出的迂回每次都是为了在事物中揭示生命。”最为简化的说法是所谓“过程比目的更重要”，这常常被视为法国式的感官气质，德勒兹的迂回论很容易在法国足球上找到对应：普拉蒂尼，坎通纳，最重要的自然是齐达内。但如今这种左派哲学最为典型的代表，似乎是巴塞罗那足球俱乐部。

由克鲁伊夫奠定并被瓜迪奥拉充分发展的巴萨哲学，其句法也是——迂回。通过迂回在足球中揭示生命，在迂回中延长、深入，那致命的快感。

完美阐释这种哲学的，或许还不是梅西，而是哈维和伊涅斯塔，梅西提供迂回哲学最后的结论，而哈维和伊涅斯塔则展开严密而透彻的论证和分析——然而这种论证和分析往往超越逻辑，只需要一次想象力的飞跃，一个直觉的突变，答案便迎刃而解。看似繁复琐碎的迂回，只是在寻找和等待一次又一次的飞跃和突变，一次又一次闪光和眩晕。

迂回是挑逗，是诱惑，是前戏和高潮的无限循环。

哈维曾经大赞小弟伊涅斯塔：“你根本不用冲他喊‘后面有人’！他一清二楚。”他一语道破伊涅斯塔的风格：“这是一种后视镜足球。”当然，哈维玩的也是一种后视镜足球，他转身 360 度腾挪摆脱的招牌技巧，应该被命名为“哈维大回旋”。

里克尔梅说梅西是最伟大的而C罗是最适合用来玩PS的，“但是足球踢得最好的是伊涅斯塔：他知道何时该向前，何时该退后。如果他在左路控球，那么他知道谁在右路，他知道自己每一刻要做什么。他知道什么时候该躲闪，什么时候该提速，什么时候该放慢速度。我认为这是唯一不能进行比较或者学习的。一个人可以学习如何控球，但是想要洞悉场上的这一切，那是与生俱来的能力。”

里克尔梅说得透彻：迂回哲学不只是控球哲学，控球是可以学习的，而迂回的能力需要某种神乎其神的天赋直觉。假如要用绘画来形容，那么巴萨不是具象的，不是遵循传统透视的，而是毕加索的足球，是立体的，也是抽象的，有时候看上去没有焦点，然而无处不是快感区域。

最了解你的总是你的敌人。穆里尼奥如此批评瓜迪奥拉：“令人不安的是他在贩卖一个完美的形象，但现实生活中没有人是完美的。”这句话完美地阐释了穆里尼奥的功利哲学，他总是现实地考虑“现实生活”，而丝毫不考虑超越现实的可能性。在中国，狂人励志成功学尤其吃香，假如说瓜迪奥拉在贩卖完美的形象，那么穆里尼奥就是在贩卖牛逼的形象。以现实功利价值观衡量，不是牛逼就是傻逼，没有退路，假如你想超越牛逼和傻逼，超越成王败寇的哲学，则容易被视为装逼。“装逼”这个词如今已经泛滥到毫无意义的地步了，因为任何带有理想主义色彩的言行，都可以被一锅端地贬为装逼，“装逼”一词一举沦为万能毒鼠强。

瓜迪奥拉曾经说他是悲观主义者。他当然也抱有必胜的决心，但是悲观主义者深知必死比必胜永恒，唯有超越胜负，超越生死，创造出“必死的生成”。

于是，他只能做美的苦行僧，像高迪那样。至今世人都无法写出一本稍微像样的高迪传记，因为他一生都像一个苦行僧一样默默劳作，建造伟大的建筑，直到有一天突然被一辆车撞倒，最后像一个无家可归的乞丐那样死去。而瓜迪奥拉的传奇性似乎也远远不如穆里尼奥，他压根不打算被塑造成一个神话，人们也读不到像样的瓜迪奥拉传记——你只能看到他的履历和成绩，看不到他的内心。他的内心，隐藏在迂回的皱纹和出窍的眼神里，高人从来不奢谈内心，他的内心，就是眼前这一场美的决斗。

然而足球不是上帝，诺坎普是圣家族大教堂的反面，它提供的是世俗的狂欢，足球，归根到底是为了享乐。瓜迪奥拉没有必要像背负圣家族一样背负着诺坎普，虽然巴塞罗那人已将他视为足球的高迪。

即便是最后的告别仪式，也充满了迂回的快感。当大屏幕播放完致敬短片，瓜迪奥拉拿起话筒准备发言，诺坎普广播传来 Lluis Llach 的歌声，十万人一下静了下来，那是六十四岁的 Lluis Llach 在 70 年代的著名情歌。当瓜迪奥拉发言完毕，大腿受伤的普约尔又虎视眈眈地领着队友逼向他，把他抛向星空。当队友刚想散去，普约尔又指挥大家，手拉手围成圆圈跳舞……这就是巴萨，他们总是想多给你一点什么。

当曲终人散，瓜迪奥拉又领着家人，重新踏上草皮，面对空空荡荡的诺坎普。瓜迪奥拉和巴萨的一世情缘，显然还将一直迂回下去。

永远在路上，永远在迂回中出走，抵达，出走……

（2012）

对牛逼弹琴

请允许我说句极端的话:如果说当今足球世界有所谓“主义”的话，那唯有瓜迪奥拉主义和穆里尼奥主义。

在被问及与瓜迪奥拉的矛盾时，罗塞尔曾说：我是头号瓜迪奥拉主义者，这算是“瓜迪奥拉主义”的一个源头。而穆里尼奥曾被称作“足球的马基雅维利主义者”，足球的马基雅维利主义，不妨正式命名为“穆里尼奥主义”。

马蒂诺更像是在瓜迪奥拉主义和穆里尼奥主义之间飘来飘去，还很难说他是否真有“巴萨基因”，尽管他双杀皇马，但巴萨输给瓦拉杜利德那场球，堪称范加尔以来巴萨踢得最烂的一场球。原本在马蒂诺的修正主义路线下，巴萨如皮克所说“不做 Tiki–Taka 的奴隶”，但有时候似乎也在沦为实用主义的奴隶。假如离开巴萨换一支球队，比如切尔西，恐怕很难说马蒂诺和穆里尼奥到底有多大区别。

而巴萨球迷几乎都是瓜迪奥拉主义者，新浪微博有一个负责记录巴萨一切的 @ 巴萨 _ 记录者，至今头像都是瓜迪奥拉。巴塞罗那中文官网的官微在伯纳乌世纪大战前夕念念不忘瓜迪奥拉："从你离开的那天，直到你或许回来的那一刻，以及永远，我们不会失去对于足球的激情，尤其面对国家德比，相信你也是这样。"等到巴萨对阵拜仁，那才是巴萨的瓜迪奥拉主义者百感交集肝肠寸断的时刻，因为拜仁现在似乎变得比巴萨更为瓜迪奥拉主义了。

巴萨球迷对瓜迪奥拉已经不存在什么评论，只剩抒情，只剩爱情，就像诺坎普用来送别瓜迪奥拉的那首路易斯 · 利亚赫（Lluis Llach）的歌所唱：

> 假如你要和我说再见，我希望那天的天空清澈，没有小鸟停止婉转歌唱。但愿你好运，但愿你可找到，和我在一起时缺失的。当你对我说"我爱你"时，但愿太阳让日子更长，这样就可以，从停摆的钟那里，窃取时间。
>
> 就这样摘取所有可能的果实，和你一点点为明天而谱写的路。明天，明天并不会得到每一颗果实；为此，就算有雾，还是要走。如果你跟我走，就别求平坦的路，也别求银色的星，更别说充满诺言的明天，只不过一点

点好运，愿生命给我们一条更长的路。（汪玮译）

加泰罗尼亚歌神路易斯·利亚赫有首歌可以将瓜迪奥拉和穆里尼奥牵到一起，他曾在卡雷拉斯的演唱会上，和美声歌王完美合作过这首歌。那是他流亡葡萄牙时写的思乡曲，也是纪念葡萄牙石竹花革命的挽歌——*April 74*。1974年葡萄牙“4·25革命”，政变军官手持石竹花替代手枪，以不流血的方式终结了萨拉查的四十二年独裁。时隔一年佛朗哥病亡，西班牙也开启了新的时代。穆里尼奥曾经说，对他影响最大的，就是石竹花革命。

瓜迪奥拉和穆里尼奥经常被截然对立，很多球迷甚至通过他们去寻找某种阶级身份认同，瓜迪奥拉是巴萨的“世袭”宠儿，而穆里尼奥代表了“师出无名”的底层自我奋斗，然而从家庭出身来说情况恰恰相反，瓜迪奥拉出身普通，而穆里尼奥的家族反而有贵族血统。更应该强调的是他们共同的时代背景——瓜迪奥拉比穆里尼奥小八岁，但他们都成长于伊比利亚民主新时代，假如说瓜迪奥拉还被当做一个加泰罗尼亚的民族主义精神图腾，那么穆里尼奥就是彻底的个人主义者。

2010年欧冠受火山灰影响，巴萨不得不坐长途大巴赴米兰，在梅阿查疲劳不堪败给国家米兰，穆里尼奥完成对瓜迪奥拉致命一击。穆鸟几乎是如今唯一可以覆盖整个欧洲足坛的教练，从英伦到欧洲大陆，他的火山灰始终在强势扩散。希斯菲尔德曾讽刺穆里尼奥破坏性的打法对皇马这样的百年豪门来说是一个耻辱，甚至皇马教父迪斯蒂法诺也曾一度和巴萨教父克鲁伊夫观点一致：穆里尼奥在皇马的打法太难看了。在其治下“皇马见红队”和“皇马散打队”登峰造极，谁是穆里尼奥在皇马的最佳形象代表？大概是佩佩，最具讽刺的是最终他反而跟自己这位最大“打手”反目成仇，这是物极必反的双刃剑，穆鸟善于激发球员的个性，但一旦打开潘多拉之盒，他难以再控制魔鬼。

然而，尽管穆里尼奥或许对足球艺术缺乏贡献，但他大大扩展了现代竞技体育教练的业务范畴，一个真正现代的教练似乎必须向穆里尼奥看齐，成为一个传播学大师、诡辩术大师、心理学大师、成功学大师、阴谋论大师，必须兼具足球智商和生活情商。或许，他已经不只是一个 coach，也不只是一个 manager，而成为一个足球史上几乎从未有过的崭新角色，一个现代生活的 dominator，甚至是一个 flamen，一个洞察现代人内心的足球祭司。

穆里尼奥是一个真小人，一个不惜与这个世界短兵相接肉搏死磕（比如，给比拉诺瓦那一盖世神指）的狂人，一个阴沟里的斗士，而瓜迪奥拉更像一个仰望星空的炼金术士；穆里尼奥拥有摆平现实世界的独门秘笈，而瓜迪奥拉想的始终是如何超越现实；穆里尼奥宣称“除了上帝，就是我”，而弗格森在给瓜迪奥拉传记写的序中，用三个词来形容他：谦卑，优雅，内敛。

穆里尼奥的最高境界是疯狂的激情，瓜迪奥拉的最高境界是沉默的出神。

瓜迪奥拉在技战术层面师承了贝尔萨，但在精神层面完全属于克鲁伊夫传统，他曾指出：“克鲁伊夫绘出了现代足球的西斯廷穹顶。”透过西斯廷穹顶，可以窥见星空、宇宙——或许这才是“宇宙队”的本源。从前，在走出更衣室前，德科常对巴萨队友喊：“让我们走出去干掉他们吧！”而1992年5月20日在温布利，走出更衣室前，克鲁伊夫只是对麾下众将说：“去享受比赛吧，出去看一看伟大的球场和人群！”

穆里尼奥教人们如何承受，而克鲁伊夫教人们如何享受。或许圣家族大教堂是比西斯廷教堂更恰当的比喻，有人说它尸骨般嶙峋可畏，有人又说它像植物般穿透我们的尸骨昂然生长。文学大师卡内蒂说：“他们用概念思考，我用动物思考。”高迪也是用动物和植物来思考建筑。

克鲁伊夫的“核战术”是一个不可救药的理想主义者的谵妄，就像高迪画在设计草图上的建筑乌托邦。

高迪曾为巴塞罗那队设计过队徽，和高迪一样，巴萨身上有加泰加尼亚的胎记——就像高迪设计的文森公寓那些摩尔人风格的蜂窝状格子，在高迪的建筑中，装饰性总是超越功能性，就像在巴萨，想象力先是服从、而后又挣脱了纪律。不管是高迪的建筑还是巴萨的足球，都有一个君临一切的快乐原则，一种令人震颤的美的原则。假如说柯布西埃确定了建筑的现代主义功能性，那么高迪则以对几何的反叛超越了现实。“让我们想一想出生于地中海意味着什么吧……加泰罗尼亚有着自然的三维景观，这让人们能从整体上去看事物，并把握事物间的联系。”这是高迪的加泰罗尼亚启示录。巴塞罗那的一切包括巴塞罗那足球队都有一个君临一切的主帅——安东尼·高迪。高迪的抛物线型是对直线的嘲弄，就像巴萨的三维足球不是直来直去的，而是变着法子绕着弯的。高迪的建筑四处印着手工艺人温热的手印，其彩绘碎陶犹如加泰罗尼亚乡村的小甜点。高迪公然违反建筑原则，敢于使用倾斜得令人惊恐的柱子来支撑他的梦幻空间，就像一个残废的疯子在飞翔，但从加林查那儿，我们已明白大地是如何被两条长短不一的腿颠覆的。

达利如此形容圣家族大教堂："像一个被腐蚀的牙齿，充满各种可能性。"而巴萨就像米拉公寓屋顶的蒙面战士，虚空的眼眶里是地中海，是万有，更是未知。

瓜迪奥拉和穆里尼奥的区别，就像是高迪与柯布西埃的区别。

瓜迪奥拉主义信仰的是 nothing but it（只有最重要的），而穆里尼奥主义奉行的是 everything but it（什么都有，除了最重要的）。

有趣的是在吾国，穆鸟最狂热的拥趸似乎更多来自国际米兰球迷，而不是皇马球迷（有些皇马球迷并不接受他），甚至不是切尔西球迷。同样，这些国际米兰球迷也比皇马球迷更热衷于攻击瓜迪奥拉，最典型的观点就是：你牛逼就学穆里尼奥去带一支像波尔图那样的球队来证明自己啊！穆里尼奥被他们视为"屌丝逆袭"的至高典范，他们以穆鸟为准，将瓜迪奥拉称作瓜屌。他们的标准只有一个：成功。他们的境界也只有一个：牛逼。

而你是在对牛逼弹琴。

（2014）

四海无人对夕阳

整个世界都在唾沫横飞地谈论罗纳尔迪尼奥，而你去网上查桑塔纳，只有一条小小的死讯，淹没在桑塔纳轿车的洪流中。

当泰勒·桑塔纳住院病情恶化、最后只能靠呼吸器维生的消息传来，我就盼着他快点安乐死了，难道硬要他靠呼吸器捱到巴西夺得第六个世界冠军的时刻吗？他已经躺了十年，右腿被切掉一大块。好了，现在，里约热内卢山上的基督，终于拥抱了这个被大力神抛弃的人。

内心深处他一定深埋着巨大的痛楚和内疚：他欠巴西人一个大力神杯。但或许更应该这么说：这个世界欠他一个大力神杯。

欧洲中心主义的球迷恐怕都淡忘了，桑塔纳在90年代初曾卷土重来，优雅地复仇，1992年和1993年接连干掉巅峰时期的巴萨和AC米兰勇夺丰田杯。吊诡的是，这支圣保罗的领袖拉易——苏格拉底的弟弟——在转会巴黎圣日耳曼之后迅速沦落，在国家队也失去位置，邓加取而代之担任队长。1994年佩雷拉率领一支缺乏艺术观赏性的巴西队夺冠。如果换成桑塔纳带队，或许他会重用拉易而非邓加，巴西队恐会再度铩羽。但无论如何，桑塔纳的圣保罗队捍卫了桑巴艺术足球最后的尊严。

佩雷拉1994年夺冠后仍然未能完全征服巴西人的心——偏执狂甚至骂他带的是史上最丑陋的一支巴西队——最终也没有留任。而经历了1982年的失败后，巴西人仍然再给桑塔纳一次卷土重来的机会。宿命的是，桑塔纳再一次被挡在四强门外。

1982年的巴西队被视为史上最伟大的球队之一，和1974年的荷兰队一样，享受着无冕之王的特殊待遇。1986年那支巴西队也仍然承续1982年的精神，就像1978年的荷兰队仍然高举1974年的火炬。很多人认为，1982年和1986年的巴西队拥有伟大的球员——堪称众神的狂欢——但缺乏一位伟大的教练。

这种成王败寇的实用主义，是对桑塔纳莫大的侮辱。

一般的观念认为像巴西队这样神人云集喜爱狂攻的球

队，教练所要做的就是要让他们遵守战术纪律，做到攻守平衡，而 1982 年桑塔纳显然没能做到这一点。1986 年他吸取教训，把儒尼奥尔从左边卫改为后腰，就是为了让攻守更加平衡。当然半路出家的花活大师儒尼奥尔仍与后来完全欧化的邓加截然不同。

1982 年世界杯时，小罗年方两岁，1986 年他第一次看世界杯，为巴西队而痛哭，却爱上了马拉多纳。今天，当小罗成为运动品牌商家鼓吹的"Beatiful Football"运动的旗手，当耐克的广告摄影机对准了小罗的童年，人们应该想到孕育小罗的仍然是马拉多纳那个时代，或者说桑塔纳那个时代。今天，小罗唱的，依然是那个时代漂亮足球的摇篮曲。

今天，当我们赞美小罗在刀光剑影中拈花微笑，可曾记得当年大家都在痛骂巴西队死到临头还优雅如斯？今天，当我们赞美小罗在人仰马翻中翩翩独舞，可曾记得当年大家都在痛骂埃德尔——这位天才左边锋就想着将角球直接罚进对方大门，他说："假如在世界杯踢进一个这样的球，那将永远被人记住。"埃德尔的角球没能破门，他也被历史淡忘。

对我来说，泰勒·桑塔纳就是足球的维斯康蒂——那位伟大的意大利导演。桑塔纳和他那几位高足——苏格拉底、济科、法尔考——就像维斯康蒂《豹》中那位奢华而没落的西西里亲王萨利纳，他在兵荒马乱的王朝更迭中仰望迷乱的星空；就像《魂断威尼斯》中那位为爱和美而死的作曲家阿巴森斯——他爱的人就要出海，他却死在沙滩上。

他们是大时代转型剧变之际，高贵的失败者，不合时宜的人。

桑塔纳死了，他的墓碑上没能写下：这里沉睡着一位世界杯冠军主帅。他被金杯抛弃，被命运诅咒，被现实痛击，却被永恒的美铭记。

一生负气成今日，四海无人对夕阳。

（2006）

为死神鼓掌

那天我正在百老汇电影中心看陈凯歌的《黄土地》，突然收到短信："苏格拉底死了。"一时百感交集，眼睛居然有点模糊，黄土地的歌谣和苏格拉底混在一起。

《黄土地》虽然仅仅是二十六年前的片子，但胶片已需要修复。如今看 80 年代足球也像是一部青春残片，影像质素有限，并且由于摄影机太少摄影角度有限，当年巴西队令人眼花缭乱的足球得不到应有的展示。我记忆中 1982 年的苏格拉底是黑白的，1986 年才变成彩色，这也是电视在中国的进化史。而现在看视频 1982 年世界杯居然是彩色的，太不习惯啦。

足球是在 80 年代初期随着黑白电视而全面征服黄土地的，1982 年的巴西队，甚至奠定了一个小屁孩的人生观和美学观。我当然是先知道足球的苏格拉底，后来才知道哲学的苏格拉底——圣哲苏格拉底的名言“美是难的”，居然让我首先想到足球的苏格拉底：是的，1982年的苏格拉底展示了高难度的美，同时又是历经磨难的美。

在此之前，中国人对足球的狂热是被容志行古广明陈熙荣他们煽起来的。而1982年的巴西队，济科、法尔考、苏格拉底三大师，给中国人来了一次重塑足球三观的洗礼。1982年世界杯使得中国人的体育观第一次多少摆脱了爱国主义，对我这样的中国小球迷来说，尽管古广明更为亲近，但苏格拉底才是启蒙大师。

在我的记忆中，这是足球史上最儒雅的人物。但当年的资讯实在太可怜了，事隔多年我们才知道苏格拉底并非真的是博士，他学历只是医学学士，只不过医生和博士是同一个doctor，这跟国父因为学医而被以讹传讹敬称为博士是一个道理。直到现在他死了，我也才知道他酗酒成性，才看到他晚年的照片：五十多岁的人看上去像六十多，可是依旧缠着他在1986年世界杯那标志性的青春飞扬的发带。

我才知道他也弹得一手好吉他，退役后还曾打算组乐队。苏格拉底、法尔考、济科三大师其实和2002年的3R不一样：首先肤色就截然不同，两拨人之间旋律和声相似，但节奏完全不同，三位古典大师论爆发力和对抗性当然不如3R，他们的球风更接近波萨诺瓦而不是桑巴。时隔多年当我听到那些波萨诺瓦经典，我联想到的居然不是里约海滩的细沙、轻风和少女，而是 1982 年的巴西队。

在那个压抑的“严打”年代，大街小巷时常弥漫着一股火药味和血腥味，男孩们聚集在一起，除了赌博和群架，好像没有别的娱乐，直到足球和黑白电视机一起从天而降。那时候我沉迷于水浒的暴力狂欢和台湾校园歌曲的天真无邪，而 1982 年世界杯似乎多少综合了这两种美学：一种天真无邪的快意恩仇。

巴西队淋漓尽致地展示了这种侠之大美——而那时候金庸还没开始流行。

2002 年在日本，在巴西队半决赛和决赛之前，我都见到当电视转播解说顾问的法尔考，尽管一个记者找球员要签名是不太职业的行为，但我还是管他要了签名——我腆着脸把自己当成了那个 1982 年的小屁孩了。三大师里头济科一直是最活跃的，但我一直无缘遇见，看到他来深圳但中国记者围着他一个劲儿地问什么伊拉克队啊中国队啦，真他妈是暴殄天物。而苏格拉底退役后差不多就被岁月湮没了。

往往得从一个人的死亡去追溯他的人生，我很想了解更多苏格拉底的故事，但是网上成天充斥着中国暴发户要买阿内尔卡要买德罗巴这样的爆炸新闻，在我看来，这都是亿万级的垃圾新闻。在80年代初期，在那个资讯匮乏文化营养不良的年代，我们有着过剩的爱，近乎白痴的爱，我们对着足球对着苏格拉底们唱着傻瓜的情歌，而如今面对着垃圾成山的时代，我们有着过剩的讥讽。

我们已经很难把讥讽转化成爱，只好一再追忆旧欢如梦。

民谣歌手张佺前几天发了条微博："上海音乐学院旁边有个'天天艺术'书店，古今中外各种音乐书籍教程唱片陈列有序。正在翻一本《六朝音乐文化》，环绕音响传来一个凄惨的声音，'你身上有她的香水味，擦干眼泪陪你睡'。"

六朝脂粉灰飞冷，满城尽是香水毒。

这年头皇冠比头大口水多过茶，媒体和球迷制造的皇冠跟制造的惨案一样多，比如中国媒体就制造了一个"巴神"的绰号，巴神之"神"既是神奇又是神经——一旦神经大条发作就会被千夫所指，神魔之间一线天。当今足球的胜负压力已经大到甚至媒体急于宣布皇马应该为C罗找心理医生的地步，神人中夹杂着越来越多的病人。此时此刻，不禁令人怀念1982年巴西队在胜负生死面前的淡定大度。

那时候的足球挺慢，时间仿佛也过得挺慢，苏格拉底缺乏速度，缺乏爆发力，缺乏跑动，后来苏格拉底式的帅才，从他的弟弟拉易，到里克尔梅，再到一开始惊艳无比后来泯然众人的甘索，都再难达到应有的成就和高度，他们在高速对抗中显得越来越不实用。苏格拉底当年野鹤闲云，将球场当做一幅长卷，极目千里，而咫尺可抵天涯，以少见多，以慢治快，以虚击实，他最擅长制造霎那的空白，停顿，悬疑，令对手脑子突然短路而被秒杀。苏格拉底乃是足球里的张大千。

那时候的巴西队带给我们无边无际的快乐，失败被无限推迟，而乌云尚在远方，即便罗西打入第三个球，巴西球员依旧不慌不忙赏心悦目，场边的巴迷们依旧歌舞升平，直到终场哨响，一切才戛然而止如梦初醒。然而那时候甚至连痛苦都带着一丝青葱的气息，如一场懵懂的初恋。

多年以后，失恋不断轮回，1982 年夏天越来越像一个爱情寓言，而爱情无非就像一场突如其来的车祸，它总是带着死亡的气息，人们身处其中而不自知，直到那突如其来的一下。当然你老人家也可以用一种无敌的唯美态度，用一种巧妙的自恋，来掩盖自己愚蠢的错误——比如巴西队在罗西身上犯的错误，你总不能说那是为了唯美，为了拯救全世界爱美的人们，才导致了这样严重的错误。

但不管怎样，请承担一切后果，要输得起。

直到苏格拉底死后，我在录像视频中才发现：裁判吹响终场哨一刹那，意大利球员振臂高呼，而苏格拉底竟然在鼓掌，然后脱下球衣与对手互换。

他早就懂得为死神鼓掌。

他无愧于父亲给他起的名字。那位古希腊圣哲临死前说：“我去死，你们去活，究竟谁过得更幸福，唯有神知道。”

（2011）

独狼祭

韩国一个科研小组最近称他们已成功培育出世界首只克隆狼。这种狼在野外已经灭绝。科学家指出："对于濒临灭绝的动物，借助人工授精等方法都难以保护他们，毕竟他们数目太少了。"

正好在这头克隆狼诞生没多久，独狼罗马里奥攻入了其足球生涯的第一千个球。

十几年来的世界足球史，似乎可以浓缩为一个 4×100 米的接力跑，从老罗到大罗到小罗再到小小罗。这罗氏家族中跑得最慢的当然是罗马里奥，我怀疑他百米速度都不如我，然而当所有人都跑完了，game over 了，他仍然会慢慢地回到起跑线，他不断地给自己打响发令枪，他跑得永远那么慢，但似乎永远不会停下来。

在纪录片《菲德尔》中，加西亚 · 马尔克斯讲起老友卡斯特罗钓鱼的故事：说那回一直钓到了半夜三更，老马发现同去的一哥们战利品比卡斯特罗多很多，看着古巴渔夫着急的神情，马尔克斯笑说："完了，我们肯定得很晚才回得去了。"果然，直到天快亮，直到卡斯特罗钓的鱼终于多过那哥们时，他们才收工。罗马里奥也是这样一个渔夫，他始终给人一副吊儿郎当、三天打鱼两天晒网的印象，然而他散漫外表下的坚韧，必须经过漫长的时间才能逐渐为人所认识，直到他打进一千个球，直到他四十一岁高龄。

所谓顶级杀手就是像罗马里奥这样的人，进球对他来说就好比一个门将拿着一份判决书递给他签名，而罗法官大笔一挥搞定。但别以为我只是想赞美一架进球机器，让我们谈谈人生吧，也许这有助于你对付中年危机。

即使在老罗如日中天的1994年，在中国这厮似乎也没娃娃脸的贝贝托受欢迎，更别说跟巴乔比了。有人给自己起名"深爱巴乔"，可以猜想此姝可能介乎贞女与圣母之间，但如果有人自命为"深爱罗马里奥"，可能会被当做被长着两只咸猪手和两只咸猪脚的皮条客卖到火坑里去的主儿。是巴乔还是罗马里奥？这涉及浪漫主义和现实主义两条路线的残酷斗争。巴乔当然是神人，但当一个人被封为王子而且还是忧郁牌王子，那他就不幸沦为肥皂剧主角而丧失了部分真实感，像一块香皂一样闻着香吃着苦。曾有个无聊的中国名记，揣着可能有一里长的“中国球迷声援巴乔参加韩日世界杯”的签名名单，指望借此捞一个全球独家专访机会，结果只贱兮兮地混到一张全球独家合影。

当罗马里奥百般恳求斯科拉里给他机会再参加一次世界杯时，怎么就没人签名声援呢？

巴乔有多骨感——刻骨的优雅和忧郁，罗马里奥就有多肉感——这哥们跑起来屁股都快掉膝盖上了。老罗在球场上就像一个大大咧咧圆圆滚滚的潮州牛肉丸，前仆后继地往火锅里跳，如果在里约热内卢这样一个哥们向你走来，你只能赶紧往他手里塞一张小费把他打发走。与骨感的浪漫有别，肉感，混沌的肉感，正是伟大的现实主义美学特征。

泡吧和踢球这两件完全对立的事情，在他身上是统一的。一个明智的教练会对此睁一只眼闭一只眼，与其说是慑于球霸淫威，还不如说是尊重一个天才的特殊“生物钟”。十年前克鲁伊夫曾撰文指出90年代足球已无领袖——那时候齐达内尚未爆发——巴萨教父批评罗马里奥太喜欢享乐了。在欧洲人的观念里，享乐和工作似乎是分开的。但这种区分对一个巴西浪荡子来说并不存在，对他来说踢球和泡吧一样是享乐，他在酒吧逡巡、观察、引诱、挑剔，最后搞定，而泡妞如进球。

这厮场外极度不冷静，场上又极度冷静。老罗口无遮拦一张嘴能臭死臭虫，但极少在场上和人起冲突吃亏，这是他比埃德蒙多高明之处——尽管后者一直不服他；老罗脚下动作如此节制、隐忍、含蓄、杀人不见血。他和瓦尔德拉玛一样，都是能在邮票上跳舞、能让大象穿过针眼的最后的古典主义大师，他们奉行的是于今渐已绝迹的“极少主义”——以最少的跑动、在最小的活动区域创造最大的效益。罗马里奥长着一张杀猪的脸，却干着绣花的活儿。

这厮似乎具备了一个厚颜无耻之徒的全部特征，但在自私自恋自大的深处是超强的荣誉感和羞耻感。有时我们不得不超越功利、道德乃至法律去看待人性的光彩，比如罗马里奥给队友的一耳光，一个大比分惨败后仍然恬不知耻的球员难道不应该挨一耳光吗？——我见过一班国内球员在惨败后纷纷打手机忙于安排夜生活不亦乐乎的操性，就想为什么教练不挨个抽他们。

这厮一直将自己定位为贝利之后最好的巴西球员。从济科到罗纳尔多他都不放在眼里，既目无尊长也不提携后进，独来独往，四处树敌。他不鸟这个世界，他只是一个人到中年仍拒绝长大的浑小子，陶醉于自己的杀人游戏，就像一个孤独的孩子，不断给自己发糖吃，以此打发漫长的时光。但千球纪念既是丰碑也是坟墓，往后生活的目标在哪里？这鸟人不可能成为教练。好在他患唐氏症的女儿改变了他，他开始推己及人，俨然巴西李亚鹏，一跃成为反对歧视唐氏症患者的行动先锋。当他在巴西参议院慷慨陈词时，这匹独狼发出的，不再是孤独的长啸。但我并不看好他的从政道路，当他穿西装打领带时，我总觉得底下穿的是大花短裤和拖鞋。

然而为什么是马拉多纳而不是罗马里奥与巴萨一起访华？老罗在巴萨留下的比老马多，马拉多纳也喜欢罗马里奥，因为他俩都是胡天胡地的旷世妙人，只是老马不像老罗那么敢做敢认。罗马里奥就是那种值得你与之勾肩搭背的哥们，尽管他似乎不屑于跟任何人勾肩搭背。

老罗早年没捞到什么钱，于是老当益壮四处横征暴敛，就差来中国了，在中国估计他站着甚至抱着女儿也能进球。假如不踢球，此人肯定是一个从里约热内卢贫民窟一路杀出、一手提钱一手提人头的黑帮杀手。美国禁酒年代黑老大卡彭说过：要做就第一个做，要做就一个人做，要做就做到底。听起来很像罗马里奥那碗心灵胡辣汤。

现在他的屠刀下已滚过一千个人头，可以立地成佛了，善哉老罗。

（2007）

千帆过尽，满地找牙

最早知道这厮是从《参考消息》，说是巴西出了一个天才少年，当时把他翻译成“雷纳尔多”——假如后来沿用，大概中国人就会给他起绰号叫“雷神”，然后标题成天就是《被雷神雷死》什么的。

这就是罗爷的形象，集强悍和精巧于一身，这是足球史上意识、技术和身体结合得最为完美的球员，因此人称“外星人”。或者这么说吧：假如外星人想见识见识足球这个人类发明究竟是神马玩意儿，那么最佳标本就是罗纳尔多，他是地球派去外星推广足球运动的形象大使。

十九岁时的罗纳尔多似乎就是人类所能设计的最为精密强悍的一架足球机器。罗纳尔多的巅峰是二十岁——也就是在欧洲的头两年，在埃因霍温和巴萨的时候——而二十岁之后就随“机器”劳损和故障走下坡路了。2002 年世界杯是他荣誉的巅峰，但其实不是他竞技的巅峰，我认为里瓦尔多那届世界杯踢得更好。2002 年世界杯半决赛前在巴西队下榻酒店碰到巴西神医伦戈——他如今还在为国家队效力——正是他奇迹般地让罗纳尔多在世界杯前康复，他道出秘诀：我不喜欢像欧洲医生那样动不动就开刀。

罗纳尔多的双腿时而雷霆万钧时而琴声如诉，然而他的膝盖却像捶破的鼓，他的韧带则像拉断的弦。他展示了足球运动带给人类身体的，最残酷的分裂。

姑且不论贝利和马拉多纳谁占第一把交椅这个终极问题，请问贝利之后最好的巴西球员究竟是谁？80 年代都说是济科，而后来罗马里奥一直拍胸口说是自己，马拉多纳似乎欣赏罗马里奥、里瓦尔多和罗纳尔迪尼奥多过罗纳尔多。我也一度更倾向于里瓦尔多和小罗，但是经过时间的反复考验，现在我倾向于罗纳尔多：此人踢的是空前并且可能绝后的最为狂暴的桑巴足球，他在上个世纪末开创的超音速假动作，今天延续到梅西和 C 罗脚下。假如不是因为那两次惨绝人寰的重伤，或许如今梅西不一定会被那么多人尊为史上最佳，我的意思是，如果从十九岁的时候看，罗纳尔多后来本有可能成为球王。

为什么我会更喜欢小罗和里瓦尔多？恐怕还跟眼神有

关。2002 年在韩日，2003 年在广州，我曾经多次相近咫尺观察他们仨：小罗是那种睡觉都能把自个给笑醒的家伙，笑起来总有点不好意思，一个人见人爱的傻逼阳光男孩；里瓦尔多难得一见的笑，则掩不住那一丝内向乃至自闭的忧郁，一个独来独往的怪胎；而罗纳尔多面对他人经常面无表情，看人的眼神好像有所拒斥，有所警觉，这是一个眼神里缺少暖意的人，像一个丛林里的猎人，或者不如说更像一头受伤的猛兽，时刻警惕着他人把他当做猎物。

没想到这么个巴西人精也会栽在中国人手里。巴西队在世界杯上大破中国队，报仇一年未晚，奸商分文不花活活骗肥罗笑呵呵举起了某喉宝，骗他说那是个治 SARS 的药，公益好事。据说得悉被骗之后肥罗在马德里狠狠砸了一个凳子。最终罗纳尔多也没告成中国奸商，某喉宝亡羊补牢，后来用卡卡顶替，不过这次是给了钱的。然而国外明星代言广告谨慎守规，一般不接药品广告，据说卡卡是把那喉宝当糖果了。而以卡卡父亲对广告贪得无厌的胃口，三鹿奶粉乃至三猪饲料没准都敢接。

中国人留给世界足球的最大丑闻，甚至都不是假球黑哨，而是这一单壮举，广告词应该叫：一个击败罗纳尔多的活宝。

肥罗会被骗，说明丫天真未泯。想想 1994 年那个在巴西夺冠后跟着大哥们漫天飞舞的傻小子，想想 1998 年那个决赛前突然病倒而又带着生命危险毅然上阵、在赛后饱受全世界审问的悲情少年，想想再次重伤那一瞬他发出的骇人惨叫（连马拉多纳都看哭了），我理解了他对这个世界满腹狐疑的眼神。与其惋惜他无法回复到二十岁的巅峰状态，还不如庆幸他一次又一次伤愈重生。一个足球生涯原本就要报废的人能够继续大无畏地踢出如此勇敢快乐漂亮的足球一举豪夺大力神，这是足球史上最励志的故事。罗纳尔多在 2002 年世界杯，犹如夕阳泣血，悬崖马嘶。

维埃里回忆在米兰的时候，罗纳尔多经常深夜还跑到他家门口按门铃。意大利花花大虫再贪玩有时候也顶不住，“但是，假如我不开门，这小子他妈的会按我的门铃一直按到天亮！”一个玩乐和踢球一样疯狂的人，泡吧找妞跟过人射门一样执著。我问维埃里你跟他还常联系吗？这个畜生级中锋叹道，“我找不到他了，他回巴西找人妖去了。”

巴西记者进酒吧见到大球星搂着妓女，自己会赶紧也搂一个而不会去拍，除非人家找的是人妖——罗纳尔多这个妖人还真配得上人妖。没错，放着大把免费献身的女粉丝不占，自掏腰包去找性工作者，这是何等高风亮节；被勒索却不惧被曝光坚决报警，这是何等豪气；在人妖事件传遍全球之后仍然敢于直面媒体的提问和调侃，这又是何等胸襟。

罗纳尔多在宣布退役的新闻发布会上潸然泪下，而两个儿子罗纳尔德和阿莱士都一脸阳光。这令人想起有一次，巴西电视台做贝利访谈节目，突然播放事先拍好的贝利年轻时在桑托斯的队友一一回忆并问候他的视频，贝利猝不及防地痛哭起来，而小女儿却指着他哈哈笑。

一滴英雄泪，唤起沧海一声笑。2002 年巴德决赛终场哨响，当里瓦尔多和罗纳尔多，这两位并没什么私交的大佬紧紧抱在一起，被里三层外三层的记者围起来，我站在看台上俯视着他们，一瞬间突然觉得像是站在遥远的未来，站在烽火台上眺望自己青春的战场——而那遥远的未来，转眼就成了现在。

电台足球主持人毛罗 · 莱昂在巴西家喻户晓，他把自己的大名赫然印在夹克背面，他是一个借足球说性借性说足球的黄色脱口秀大师。巴西球员泡温泉时，他向巴西人民一一评点球员的屁股，球员不单不介意，反而听得哈哈大笑；巴西队训练时，CCTV 央视记者做现场报道，毛罗 · 莱昂在一旁念念有词："知道中国记者在说啥吗？让我帮你们翻译吧，他在说：巴西球员那玩意儿怎么这么大？！" 每次见到毛罗 · 莱昂大摇大摆走过来，罗纳尔多和里瓦尔多就会发笑，他从不问严肃的足球问题，所以跟球员最亲近。我记者生涯中见识过最有趣的提问便来自这位一点正经没有的老兄，巴西夺冠后新闻发布会，第一个问题就是毛哥问的，他问罗纳尔多："你觉得五十三天不做爱跟夺取第五个世界冠军相比，哪个更难？"哄堂大笑，肥罗跟着呵呵笑。

这个提问最好地揭示了巴西足球的奥妙：极致性感。没有人真会以为罗纳尔多在世界杯备战和比赛期间禁欲，世界杯前在韩国训练基地附近的色情酒吧他就光顾过。而这也是巴西足球天骄们的双刃剑，球场上没心没肺享乐，球场外也是没心没肺享乐，生活方式与足球风格过于一致，容易让生物钟紊乱让腰围失控，对女人、歌舞和烤肉的沉溺，缩短了他们的运动巅峰期。

但肥罗之肥，并不能全归咎于他缺乏自律，还有药物副作用，往他身上挤一挤没准能挤出好几升药水，一想到他血液里的药物和骨头里的钉子，就明白罗纳尔多跟我们一样——甚至比我们更惨——只是一个可怜的地球人。

然而，巴西足球永远是抗抑郁的良药。2002年世界杯上的罗纳尔多不仅是一个伟大的球员，还是一个伟大的喜剧演员。当媒体纷纷在炒作罗纳尔多想拿金靴奖时，他有意穿了一双银靴出现在训练场；当媒体说日本就是巴西的主场，他改剃了一个日本武士头，像浮世绘里的浪人，也像动画里的铁臂阿童木。

2002年那支巴西队，就像夏日山谷里的蜂群始终在我梦中萦绕，我就像一个小孩坐在旋转木马上看着马戏团：卡福总是不说话摆摆手匆匆走过，好像有美女在浴缸里喊他回去，卢西奥说话总是慢吞吞望着天花板，好像天花板上有美女在跳裸体舞，卡洛斯总是像一个龇牙咧嘴的石榴一样滚到石榴裙下，里瓦尔多走路总是像僵尸王一样踩着圆规一般的步伐，而肥罗和小罗，就像是一对兜里装着糖果和压岁钱的兔儿爷！

青山遮不住，毕竟东流去。然而以古诗的节奏哪追得上超音速的罗纳尔多？让我另题八字，敬献给他——某喉宝不妨重金买我墨宝送给他——

千帆过尽，满地找牙。

前四字送给这位天生过人狂，后四字送给被他过掉的对手。

往后的日子，狗日的兔儿爷，你有权继续肥下去，超越马拉多纳，把这个消息告诉坎通纳。

你有权狂按这个世界的门铃直到地球被外星人攻占。

（2011）

你知道高乔是谁吗

夜半三更，我无比亢奋地打开电视收看巴塞罗那对瓦伦西亚大战，尊敬的解说员开始报巴塞罗那出场阵容了，当他报出“高乔”这个名字时，我愣了，脑子一片空白，作为巴萨迷，我竟然无知到不知道巴萨有一名叫“高乔”的新球员！两秒钟之后我恢复了自信，我明白：中国足球解说史上又一个经典笑话诞生了。第二天我在报社问同事：“你知道高乔是谁吗？”看过巴萨对瓦伦的人个个直乐，只有不明真相的篮球编辑高珈佳探出头来说：“高乔是我呀。”确实，高乔是高珈佳的笔名。

足球解说员容易出错，作为拿笔的同行，我深表谅解，因为口误比笔误的概率肯定要大得多，谁也别嘲笑谁。对我来说，最难堪的就是白纸黑字地发现自己的笔误。比如昨天在别人办公室随手翻到旧的《城市画报》，突然发现我的专栏里头竟然把垮派师爷威廉·巴勒斯写成约翰·巴勒斯！这个笔误两年后的今日才发现，真令我想一头撞死。

但这一番自我检讨并不妨碍我对央视这位仁兄的抨击。将罗纳尔迪尼奥唤做“高乔”，您的水平也未免太高了。好在小罗名气实在太大，其容貌之丑也让人过目难忘，加上可能有人及时提醒了他，于是那位仁兄很快就从“高乔”改叫“小罗纳尔多”了。小罗幸免于难，其他兄弟就苦了，范布隆克霍斯特被叫吉奥瓦尼，哈维被叫成赫尔南德斯，奎莱斯马被叫成里卡多。我们可怜的解说员实在是吃不消懒婆娘裹脚布一般又臭又长的鬼佬姓名，又找不到精简的办法，只好乱叫一气，一会儿叫名，一会儿也叫姓。保险的做法是有头有身，有名有姓，一位拉美文学翻译家就教育过大家不要管《百年孤独》的作者叫马尔克斯，最好叫加西亚·马尔克斯，就像米兰·昆德拉一样。不过前些年广东有个动不动就狂写史诗直奔斯德哥尔摩的鸟诗人居然还把米兰·昆德拉肉麻地昵称为米兰，仿佛昆德拉是他小蜜。上海有位有趣的解说员叫唐蒙，我每次去上海都喜欢看他解说的比赛，就因为他不辞劳苦，喜欢一长串姓名飞流直下三千尺。比如我至今仍记得根宝时代俄国门将绍绍里安诺·高佳，就是拜他所赐——绍绍里安诺·高佳，他一定要连名带姓，其风格令我怀念小时候苦背弗拉基米尔·伊利奇·列宁的往事，如此敬业的解说员，必须多给奖金啊。省事偷懒也无可厚非，但关键是得约定俗成，比如哈维·赫尔南德斯，大家都叫他的名哈维，就像劳尔·冈萨雷斯为劳尔，而一般大多数人直呼其姓就行了，谁会把范布隆克霍斯特叫成吉奥瓦尼呢？您又不是他爹，要这样范尼斯特鲁伊又该如何称呼？我想荷兰人里头也只有凡高（也有一个 Van）的名字——文森特——是值得一叫的吧？

显然，央视五套的这位新人不单没做功课，连体育报纸恐怕都不大看，根本是西甲盲一个。当你听到把罗纳尔迪尼奥叫成高乔的仁兄又说“如果把罗纳尔迪尼奥叫做小罗纳尔多的话，那么萨维奥拉也可以叫做小马拉多纳”这样的蠢话，除了把电视音量调为零还能干嘛？

两年前广州一位老兄解说曼联比赛，居然不认得替补上场的福琼，居然干脆说“不知道他叫什么，不如我们叫他小强吧”。从无知到无耻，从无耻到无畏，这就是中国足球，别以为只有踢球的人如此，掌握话语权的足球媒体人士是否也有欠职业精神呢？小强也是蟑螂的雅号，那位视福琼如蟑螂的老兄如今照样打着专家旗号招摇过市，摇身一变成足彩财神爷，大概也知道 Fortune 是谁了吧，Fortune 就是财富啊。似乎只有财富才能把这号人改造得专业一些，无疑，足彩既武装了广大球迷的足球知识库，又壮大了足球解说员的腰包。我承认我的西甲知识还不如很多赌神，如今你不难在身边找到一个连瓦拉杜利德都了如指掌如数家珍的球迷或赌棍，但要找一个对巴塞罗那如此陌生的解说员太难了。不错，央视是在进步，拿下西甲转播权更令广大球迷欢欣鼓舞，但是如果同时转播的话我当然会选择把罗纳尔迪尼奥叫做朗拿甸奴的ESPN而不是把罗纳尔迪尼奥唤为高乔的央视。说到底，只有长期缺乏竞争的电视体制才会闹出把福琼称为小强的笑话。

当然经过足彩的恶补，无论是专家、解说员还是普通球迷在知识层面上都在飞速升级。但知识不是趣味，而趣味二字正是说球、写球的最高境界。激情，见识，趣味，缺一不可，但激情和见识最终须得靠趣味表达出来。这就是为什么我最欣赏的解说员是ESPN那班香港佬（丁伟杰、何辉、江仲德），他们从小就遍阅赛事转播，香港也历经赌波文化洗礼，知识绰绰有余，趣味炉火纯青，方言的鲜活也令字正腔圆的国语相形见绌，听他们解说，颇有老友围炉看球把酒言欢之快感。当然我也喜欢左手挥舞着枪右手握着酒瓶的南美解说员，进了球之后拖长音——goooooooooal——仿佛要跟着进球者绕地球溜一圈，但一旦用汉语来强行模仿这种风格，很容易搞得像个高举高音喇叭喊口号的红卫兵，或者像个开着奔驰下乡一把扑到红高粱里伪高潮的城里人。实在受不了那些喜欢到处用感叹号的人！！！ 我推崇的说球风格还是——围炉夜话。偶或撩拨炉火，让火星四溅火舌升腾，却不至于把房子烧着了。

回到高乔，还得感谢那位解说员引出一个有趣的问题。小罗大名后面的确有一个“高乔”——Ronaldinho Gaúcho，Gaúcho 准确的发音是三个音节，所以以前的拉美文学作品一般翻译成“加乌乔”。Gaúcho 既不是小罗的名，也不是他的姓，而是其出生地的代称。小罗生于巴西南部高乔人多的地方，因此大家指称他为“高乔的罗纳尔迪尼奥”，就像大儒尼尼奥（米德尔斯堡那个）被叫做保利斯塔，意思是“圣保罗的儒尼尼奥”。因为众所周知，巴西同名同姓的人实在多如牛毛，你必须说清楚人家到底是麦子店的三儿，还是奶子房的三儿。罗纳尔迪尼奥本名其实就是罗纳尔多（Ronaldo），Ronaldinho 就是“小罗纳尔多”。有趣的是罗纳尔多 1994 年世界杯时也曾被叫成罗纳尔迪尼奥，因为他当时的确太小，更主要的是当时队中还有一位板凳球员也叫罗纳尔多，于是巴西记者把小的罗纳尔多叫“罗纳尔迪尼奥”，把那个大的罗纳尔多叫“罗纳尔道”，以示区别。兔牙罗尼大红大紫后自然垄断了“罗纳尔多”这个大名，全名是 Ronaldo de Assis Moreira 的这位小的罗纳尔多只好一辈子叫罗纳尔迪尼奥了。好在他还可再冠以高乔二字倍增显赫——高乔本来就是一个血性、好斗、充满传奇性和神话色彩的名字。

感谢央视这位菜鸟解说员，无意之中普及了小罗的尊称。高乔罗纳尔迪尼奥！常山赵子龙！

(2003)

又及：十年过去，国内足球解说水平飞涨，再看这篇旧文恍若隔世，不过能令人想与之围炉夜话的解说员还是不多——其中有詹俊、何辉以及陈熙荣教练，还有贺炜、颜强等。我写完这篇文章之后才知道那位央视西甲菜鸟叫甄诚，后来他再也没解说足球，转而成为一个体育娱乐和体育晚会主持人。恭喜他没入错行。

大饼崛起

多年前写过一篇“生于1982”，现在似乎该是“死于1982”的时候了。

我说我生于1982年，是因为1982年我第一次看世界杯并爱上了济科、苏格拉底、法尔考的巴西队。但是假设我还是个小屁孩，2010年第一次看世界杯，我不确定我是否会就此成为一个巴迷，估计我更可能成为一个西迷，即便这支西班牙最终可能下场跟当年的巴西一样。

因为看起来这支西班牙队似乎比邓加这支巴西队更接近于1982年桑塔纳那支天花乱坠漫卷诗书的巴西队。

苏格拉底，你老人家在哪里？

大师发话了，前几天苏格拉底称：“巴西足球其实在1982年就死了，后来我们踢得跟别人都一样。”

这句话对我这个号称生于1982年的巴迷来说当真是一剑

封喉，我真想把一腔汹涌热血喷到苏格拉底脸上："你们把我们生下来就撒手不管找死去啦？！"

生于1982年的巴迷于是乎成了遗腹子，在大地上浪荡，狂饮狼奶度日。

还记得1982年那个夏天，巴西被意大利淘汰的第二天，我父亲一位朋友来我家，兴奋地大谈罗西，而我默不作声地走开。大人们不知道：一位巴迷已经诞生，嗷嗷待哺。

后来，我又从1982梦回1970年——那才是我出生的年代，1970年的巴西队和1982年的巴西队同样大美无言，不同的是1970年的巴西队拿到了金杯。

2001年在韩国釜山我见到了贝利，2002年在日本，在一辆开往赛场的媒体大巴上，我发现托斯唐——1970年巴西杰出的前锋——就坐在我后面，和我一样，采访证吊在脖子上晃荡。见到贝利和托斯唐，就像见到自己的前世，见到那些暗夜怒放的末路狂花。2002年在日本，我还两次见到法尔考，同样和我一样，采访证吊在脖子上晃荡。我向他问好，如同拥抱自己的童年，作为记者我并不习惯向球星索要签名，这实在有失身份甚至操守，但我唯独要了法尔考的签名，那一刻我只是一个快乐的球童。

对于1982年的我来说，世界上只有两种足球，一种是巴西人的足球，一种是其他人的足球。“我们”和“他们”是泾渭分明的。

而后来，巴迷不得不经常要和别人同穿一条裤子。足球是圆的，地球也是圆的，地球和足球将我们慢慢烙成同一张大饼。大饼崛起的时代，人面桃花今何在？

喝着狼奶，寻找蜂蜜，我依然在寻找 1982 年的巴西足球存活的证据，哪怕只是蛛丝马迹：从罗比尼奥千里走单骑，从麦孔零度撕裂地平线，从巴斯托斯连续过人犹如危树独舞悬崖。

从未见过苏格拉底，那位 1980 年代的苏格拉底博士，总让我想起贾柯梅蒂的长人雕塑，遗世独立，孑然一身，穿过噩梦，向我们走来，向我们诉说：我死了，但我曾经活过。

而如今，全球化像一张越摊越大的大饼，区别仅仅是：他在上面撒点葱花，而你撒点姜末，他撒点糖，而你撒点盐。但大饼还是大饼，大家都渐渐长成一个模样了。

2004 年欧洲杯决赛结束后在混合采访区，一位悲愤的葡萄牙女记者问我的巴西朋友伊利克：“中国话怎么说 idiota 这个词？”伊利克当时在北大读研究生并为中国媒体工作，他如实相告：傻逼。于是，当希腊球员一个接一个兴高采烈地走出来，他们首先听到的是一声接一声奇怪的尖叫，那位葡萄牙女记者和其他几位葡萄牙男记者一起在冲他们狂叫“傻逼！傻逼！”。当然，希腊人不懂那是什么鸟语，对他们来说傻逼和牛逼，没有区别。

我没有贬低雷哈格尔大帝的希腊队的意思，但这给人的启示是：如果巴西队踢得像希腊队，那么没准更能夺冠。请问邓加和雷哈格尔真的有什么区别吗？

成王败寇，夺冠你牛逼，不夺冠你傻逼。

那么在大饼崛起的时代，傻逼和牛逼，到底有什么区别？

（2010）

又及：这是南非世界杯开战前的文章，后来巴西队的故事大家都知道了。

我想成为德科

让我们皱起眉头，向德科告别，就像竖起衣领，向坎通纳告别。

8 月 27 日是德科三十六岁大寿，在生日前一天他宣布提前退役。当我把这个消息告诉身边一位朋友时，他竟然说：丫原来还没退役呀？

这他妈的未免有点势利，似乎一个牛逼球员一离开欧洲，就意味着人老珠黄生不如死。巴甲就这么不济么？桑托斯 0 比 8 败给巴萨是很耻辱——即便只是友谊赛——但偶尔看一两场巴甲，你会觉得至少观赏性比很多欧洲比赛都要强。在德科退役的时候，很多人（包括他以前的粉丝）似乎都不知道 2010 年回到巴甲之后，他率领弗鲁米嫩塞拿过两个巴甲冠军，巴西正印前锋弗雷德，也是弗鲁米嫩塞的。德科和罗纳尔迪尼奥一样，在职业生涯暮年余热挥洒得挺欢。

小罗和德科一起在巴萨达到巅峰，或者说把巴萨重新带到巅峰。一个龅牙灿烂，一个眉头紧锁，这是有趣的一对，截然不同的两人，他们互相映照，打开的远远不只是诺坎普的大门，不只是足球的大门。

德科可以在巴萨和里杰卡尔德合作无间，也能在波尔图充当巴萨后来的死对头穆里尼奥的球场传声筒，同样能在与巴萨球风几乎相反的切尔西叱咤风云。假如你老人家跟他大谈所谓艺术足球与力量足球的区别，所谓漂亮足球与功利足球的对立，他只会皱着眉头走开，然后一脚轰爆你的脑门。

2003 年 3 月 29 日，德科首次代表葡萄牙队参赛，对手是他的祖国巴西。他利用任意球破门，帮助葡萄牙 2 比 1 击败巴西。最终他把鲁伊 · 科斯塔挤出了葡萄牙阵容，并赢得了起初对他充满敌意的菲戈的尊重。葡萄牙人对巴西人固若金汤的壁垒——“我们不需要巴西人来教我们，你们的语言、文化，包括足球，都是我们带给你们的”——就这样被德科和斯科拉里攻破。

假如你将之作为一个文化研究的例子，去探讨全球化时代的国族文化或地域文化，去探讨欧洲价值观与巴西价值观的冲突，那么德科会让持批判全球化立场的文化原教旨主义者为难：你无法像当初批评邓加那样批评他，不错，在某些方面他像邓加一样“欧化”，比如勇于铲球，长传精准，但他浑身又充满了邓加缺乏的那股子巴西式的狡黠和机灵，比如穿裆过人。德科足以提醒人们，面对全球化不要只强调对立的冲突，也要看到主体与他者不断的混溶与弥合，不必非要强调他踢的到底是桑巴足球还是欧洲足球，竞技运动作为大众文化，是一个不断修改、刷新既有文化身份的跨文化动态过程。

在德科身上，对立的东西总是能得到奇妙的统一。他在比赛中犯规次数和被犯规次数总是差不多，什么叫攻守兼备，这就是。2004 到 2005 年，德科在巴萨的第一个赛季，这样一位技术精湛的中场组织者，有一项数据在西甲整个赛季排名第一，竟然是犯规次数！在马蒂诺新时代，当人们探讨巴萨风格时，请不要只念叨催眠式传球，不要只看到 Tiki-Taka，还要记住德科式的疯狗般的高位逼抢和反抢，记住奠定梦二风格的，不仅仅有小罗这位司令，还有德科这个永动机。德科既能够以灵光一闪的即兴发挥打破秩序，又能坚守纪律。

据巴萨队友们的回忆，德科不是队长，但在更衣室经常发表队长般的宣言。尤其是在走出更衣室之前一瞬，他会对队友喊："让我们走出去，把他们干掉吧！"当年梦二访问亚洲，德科在日本远比在中国受欢迎，受欢迎程度仅次于小罗，球场上穿德科球衣的日本球迷太多了。记得有一张照片，一位日本球迷举着一块牌子，上面写着：I want to be Deco。而在中国，哈维和伊涅斯塔受欢迎程度肯定排在德科前面。为什么德科在日本如此受欢迎？这似乎足以上升到国民性来探讨。日本足球一直甘当巴西足球的小弟，但他们知道小罗那样的旷世天才是学不来的，而德科可以是学习的榜样，这个紧锁眉头的形象太符合日本人的男性审美观：忍辱负重，坚韧不拔，永不放弃。

2006年在德国看世界杯，看着那支把自己当成了一桌豪宴却没什么胃口的巴西队，我恨铁不成钢地想：如果是斯科拉里来带多好，如果德科在巴西队，该有多好。在科隆大教堂后面看大屏幕转播葡萄牙与荷兰大战，当德科和范布隆克霍斯特相继被罚下，这对巴萨队友坐在通道出口一边聊天一边观战，科隆大教堂外响起一片笑声和掌声。德科，一个血战到底“死便埋我”的形象。

哈维挤走里克尔梅，因为他经常是场上跑动距离最多的球员；德科挤走鲁伊·科斯塔，因为他经常是场上犯规次数最多的球员。哈维和德科承继了古典足球血脉，却昂然走出古典足球的八宝楼台，从后花园直通战壕。极少有像德科这样，把花活和脏活揽于一身的球员。如果非要找一个近似的，恐怕只有斯科尔斯。

德科喜欢强行过人，这一技术特点令他少不了挨踢，而这哥们又属于杀红眼搏老命跑不死那种牲口级球员，注定伤痕累累，肌肉也更容易受伤。这样的球员，告别注定是悲壮的——带着一身伤痛。

灵感，才气，容易被滥用，容易显得不那么可靠。我更喜欢“才能”这个词，而不是才气和才华。才气和才华必须转化为能力，或者说通过能力，得到实现，才气只是一种“气”——一不留神就沦为空气——而“才能”是及物的，是实实在在的。罗纳尔迪尼奥那样的大神当然值得仰望，那样的大神百年难遇，甚至容易给人仙人下凡不劳而获的感觉，小罗的脚是用来写诗的，但德科的脚，是用来踢球的——偶尔，也是用来踢人的。他能要你好看，也能要你难看，能蝴蝶穿花，也能人仰马翻。小罗粲然一笑，不带走一片云彩，而德科眉头一皱，狼烟四起。

这是艺术家与工匠形象的合一，游戏与劳作的合一，他设计桥梁，但也搬运石头，他抡锤打铁，但也雕龙刻凤。

就像卡尔维诺的男爵，轻逸地在树上跳来跳去，但更像福克纳——一个举起锯子的、伐木者的形象。

德科，中文译名之漂亮精确，仅次于齐达内。

哦也，德先生与赛先生。

（2013）

粉红劳斯莱斯的弹射座椅

没有比看电影掉眼泪更廉价的事儿了，看完上厕所一泡爽尿下去，脑子也就清醒了，你会为自己竟然被一部三流煽情片弄哭这件事，恨不得流下悔恨的泪水。

邪门的是有一次，在王府井东方新天地看完巴西电影展出来，我在厕所竟然一边尿一边泪流。那是纪录片《永远的贝利》。不，不是被什么煽情情节煽出了眼泪，我纯粹是被那种惊世骇俗之大美，那种灵魂出窍之大美，给震撼了，以至于一时从电影里出不来。但愿盗版商赶快行动，让更多人看到这部片子，否则世人会只记得贝利的乌鸦嘴，而忘了他的神仙脚。

所以，当贝利说看内马尔踢球让他想哭——他以前也说过看罗比尼奥踢球让他想哭，只能说贝利现在看内马尔要比当初看罗比尼奥，哭得更凶——这真不是有意煽情。偶尔，极其罕见的偶尔，当人面对星空或云彩，面对一行诗句或一幅画的时候，也会想哭，那不是什么触景伤情，而仅仅是因为纯粹的、不容置喙的美。我一位朋友说她年少时有次读苏轼的一段文字就哭了，仅仅是因为——美。

内马尔身高和贝利一样，虽然身体和爆发力、射术以及头球这三项尚不能跟贝利比，但技术动作实在像极了贝利，比罗纳尔迪尼奥更像。

然而看内马尔踢球又让人想笑。笑，是巴西球员的招牌，从罗纳尔多的“兔牙”到小罗的“烂牙”，都灿烂得让人想撕丫的嘴。有一个经典镜头：内马尔面对对方后卫，双手叉腰，双脚一动不动，逗对方上抢，而对方后卫笑了，也模仿他双手叉腰，双脚一动不动，就是不上钩，这样的场面令火爆的球场一下发出哄笑声。也只有巴西人能让火急火燎的足球突然停下来，令我们不用思考人生，只需发出会心的笑，让这个火急火燎的世界出一会儿神，出一会儿窍。

哭，狂喜；笑，轻逸。泪与笑交替的巴西足球，是教堂塔尖上的鸽子，是蛋糕上的樱桃。但巴西人在摘尝樱桃的时候，难免会质问：谁偷走了老子的蛋糕？！樱桃之美，得建立在蛋糕的基础上，要漂亮足球，也要实惠——那就是奖杯。

英国小说家兼阿森纳骨灰级球迷尼克·霍恩比，曾经把他小时候看过的巴西队比喻为《雷鸟神机队》中的粉红劳斯莱斯和《007》中的阿斯顿·马丁，配备了弹射座椅、隐身小炮等装置，因而超凡入圣，“他们展示了一种柏拉图式的理想足球，没有人，即使是巴西人自己，能再次找回这种理想；贝利退役了，随后五届世界杯，他们仅仅展示了一点点弹射座椅的火花，仿佛 1970 年只是他们做过的一场似是而非的幻梦。”

余生也晚，只知道 1982 年也已成了一场似是而非的幻梦。

在 1982 年的西班牙，桑塔纳的球队拥有济科、苏格拉底、法尔考、儒尼奥尔、埃德尔，似乎足够重演 1970 年的好戏了，但古典足球还是不幸被送上了祭坛。埃德尔这位左边锋如今已被淡忘，而他之所以被淡忘，是因为没有成功地用香蕉角球直接破门，这哥们老想着用弹射座椅发射火箭。巴西人在 1970 年之后一直到今天，仍然展示了很多弹射座椅的火花，问题是尽管弹射座椅火花四溅，粉红劳斯莱斯和阿斯顿·马丁最后还是被别人开走了。而 1994 年和 2002 年，当巴西队终于拿到钥匙开走粉红劳斯莱斯和阿斯顿·马丁的时候，却被巴西人自己批评火花太少。2010 年在南非，邓加的球队就只像是二十三辆爆了轮胎的旧车了。

巴西人依旧渴望重演历史，渴望借助古典黄金时代的幻梦来痛击破铜烂铁的现实。在被欧洲人统治的时代，死敌阿根廷在他们看来，也不过是欧洲人的走狗。巴西人自认为是足球的正宗。巴西足球不单是欧洲足球的输血管和大后方，而且是永恒的革命根据地。

满嘴樱桃的球王当然是最可爱也最无可救药的巴西圣徒，他总是说内马尔应该留在桑托斯（至少应该多留几年），强调桑托斯不比欧洲球队差。他依旧活在旧时代，也不想想如果足球的职业化商业化浪潮早些到来，他早就去欧洲了，不可能直到快油尽灯枯了才去纽约宇宙队捞钱。而内马尔加盟的是另一个宇宙队，当桑托斯被巴萨八球狂宰，才令贝利这样的巴西原教旨主义者转而祝愿内马尔在欧洲进步得更快，以便回来为巴西队捧起世界杯。

贝利想把根留住，斯科拉里则连根拔起随风飘荡——他巴不得年轻球员尽快去欧洲磨练。传统与现代之争：一个尽想着弹射座椅，一个只想着开走阿斯顿·马丁。这也是巴西人灵魂深处的分裂。

幸好，巴萨是最能够协调这两条路线的俱乐部，内马尔选择巴萨，当然是想沿着罗马里奥、罗纳尔多、里瓦尔多、罗纳尔迪尼奥的路线前进。但内马尔尚未达到那四大神的高度，不仅仅是因为个人造诣，还因为巴萨已经有了梅西这位统治者。

贝利前几天再次把内马尔和梅西相提并论，不惜把C罗和伊布排在这俩的后面；克鲁伊夫尽管一直反对巴萨买内马尔，但是他用“一个国家不需要两位元首”这个比喻，却相当抬举内马尔——等于承认内马尔可不只是一位部长或者副总理。

但内马尔和梅西的差距很明显。论狭小空间里的动作速率以及随意变向变速的能力，梅西在整个足球史都堪称无敌。好在能力比不过，还可以比风格。内马尔和伊涅斯塔球风的相似度要远远高于他和梅西，内马尔过人就像是一串脆爽的冰糖葫芦，而梅西过人就像一串冒烟的孜然羊肉串，冰糖葫芦毕竟是零食，不如羊肉串实在，您尽可以随便来十串羊肉串，但来十串冰糖葫芦试试？还不甜腻死你。巴萨一手举着冰糖葫芦一手举着孜然羊肉串，当然会味蕾大开口水直喷，然而不可能有两个足球，一个给梅西，一个内马尔，让他俩分头表演过人。假如内马尔要融入巴萨，几乎肯定要迁就梅西，他那些招牌的花哨杂耍肯定会失去很多用武之地。

即便是在巴西国家队，他也不可能像在巴甲那么耍。斯科拉里的风格向来比较实用主义，2002年他夺冠，便是从贝尔萨的阿根廷队取了经，巴西队眼下要师法的，与其说是巴萨还不如说是皇马，那就是不做过多的中场倒脚，更注重快攻，斯科拉里甚至还要向已经在萨维利亚治下找到感觉的阿根廷队学习。巴西要向阿根廷学习，何况阿根廷本来就是南美最“欧化”的国家。内马尔要向梅西看齐，因为梅西十三岁就去了拉玛西亚采石场。唯有如此，才能更快“融入欧洲”。这就是内马尔的两难——融入欧洲，多少必须以牺牲巴西足球的传统特色为代价。内马尔在桑托斯更衣室黑板上写下一行告别语：“我走了，但我还会回来。”

内马尔之所以如今的广告收入差不多足以比肩梅西，正是因为他令人想哭又想笑的极具观赏性的杂耍般技巧，那些火光四溅的粉红劳斯莱斯的弹射座椅。耐克是要用内马尔去对抗拥有梅西的阿迪达斯。耐克与阿迪的竞争，巴西人与阿根廷人的宿斗，似乎一山难容二虎，但不妨想想小罗提携梅西的往事，梅西不会不投桃报李。

欧洲作为一个圆心，磁石般吸引了南美和非洲的“边缘”文化，在消化和融合、吸收和排斥之间，始终具有令人焦虑而兴奋的张力。习惯在泪与笑之间跌宕的狂欢少年，从此戴上欧洲的面具和铠甲，却是为了保护巴西的头颅和心脏。这是一个内马尔式悖论，关于激情与理性、自由与秩序、游戏与效率，关于粉红劳斯莱斯的弹射座椅，以及蛋糕上的樱桃，尤其是关于全球化时代的国族主义文化，足球再一次提供了一个迷人的象征场域。

我看好内马尔，不仅仅因为他的球商，还因为他的情商，因为他灿烂的笑容——何况牙齿还那么好。

（2013）

辑二

骑鲸渡海

上海半岛酒店的顶楼，齐达内沿着老式电梯井慢慢升上来。我脑子里掠过这个人在世界杯历史上的三个经典镜头：

一是 1998 年对巴西队的第二个头球。夺冠后，他的名字被射灯打到凯旋门上。

二是 2002 年在韩国，法国队小组出局之后，他向观众鼓掌谢幕。

三是他足球生涯那最后一个动作。

巴尔扎克与图森

我写过数以千计的足球文章，光是马拉多纳就写过几十篇，但几乎没写过齐达内，我也纳闷：为什么？对这三个经典镜头我在事后都立即写了评论——其中 2002 年还是在韩国现场亲睹他退场的背影——但除了表示惊奇和困惑，我实在来不及解析什么。对这个人，我只有一个惊叹号加一个问号。

是因为他是我拥戴球队的最大敌人吗？采访之前我跟著名偏执狂巴迷沙洲说：我要跟巴西队的最大敌人好好聊聊了，他脱口而出：齐达内！

忘不了 1998 年南方都市报废墟一般的办公室，我坐在藤椅上对着电视目瞪口呆，然后忍痛用报纸出片前仅剩的二十分钟划拉了一篇赛后评论，最后用死鱼的眼睛，慢慢看着窗外东方泛出死鱼的肚白。忘不了 2006 年在柏林一个酒吧，再一次目睹巴西被法国淘汰，然后我就缺胳膊少腿走路不成人形了，著名阿迷王小山一边搀扶一边哄劝："你看昨天阿根廷输了我都很坚强……"我仍然记得那条凄清的小街，记得街边有意大利老男人保罗·孔蒂演唱会海报，记得小超市 0.34 欧一块的巧克力的味道，以及那个每半小时醒一次的柏林夜晚，窗外浓郁的花香。

是因为齐达内乏味吗？我曾经以为：齐达内的足球是个大甜瓜，但这个人是个大闷瓜。

然而在职业生涯的最后一瞬，那顶向马特拉齐的一头，轰然撞开了命运神秘的大门——比利时法语作家让－菲利普·图森在一篇题为《齐达内的忧郁》的美文中评论了这个永恒的头攻："他永远也不可能终止他的职业生涯，尤其是，漂亮地终止；因为漂亮的终止，毕竟是终止，是结束了传奇：举起世界杯，这是接受了他的死亡。而失败的退场却留下了开放的前景，未知的和有生命力的。"

但在文学和哲学的过度阐释之前，我打算将我在各类媒体上了解的齐达内和接受我面对面采访的齐达内做一个对照，先进行一个有关"性格与环境、命运"的传统现实主义阐释，请容我先回到巴尔扎克。

他走进房间，彬彬有礼地向我握手问好，而阳台上的外滩是淡淡的迷雾，在摄影灯强光下，他的双眼像幽深无底的隧道。为了不打扰拍摄，我把头转向阳台外的黄浦江，忽然想起多年前我用过一个比喻形容齐达内在中场拿球后的气势——

骑鲸渡海。

阳光与苦难

我告诉齐达内，世博会阿尔及利亚馆的宣传片有他的形象。他略带惊喜问："是吗？我还不知道，你看到了吗？"我说我只是从媒体上得知，他说："可惜这次太急了，我不能去世博会看看。”

假如阿尔及利亚政府专门请他来世博做宣传，齐祖恐怕义不容辞，虽然以前当阿尔及利亚当局希望给他一个国籍的时候他并没有接受，但他从来都喜欢强调自己的北非血缘——他的父亲斯马伊是从阿尔及利亚移民去了马赛，然后在那儿生了他。

他说他后来经常跟爸爸妈妈（他细声发出 BaBaMaMa 这几个音节时就像一个小孩）回家乡，他们在那儿有很大的房子，全家族度假时会去那儿欢聚。齐达内说他退役后回阿尔及利亚更多了，阿尔及利亚球迷把他当自己人，而他也格外关注阿尔及利亚队，他说除了缺乏优秀前锋，南非世界杯上的阿尔及利亚队很不错。

我让他比较阿尔及利亚老家和马赛，他说气候食物都很像。至于不同之处，那还用问吗？阿尔及利亚至今仍然穷困，十多年前，齐达内在欧洲足坛已初露锋芒的时候，离齐达内老家不远的村落乡镇还发生过大屠杀。

齐达内告诉我：“我爸爸从阿尔及利亚来到马赛时，工作非常非常艰辛。”斯马伊曾是一名钳工。

加缪可能是除了齐达内之外，法国最有名的阿尔及利亚人，他也来自阿尔及利亚地中海沿岸的小乡镇，并且年轻时曾经是业余球队的门将。我无意向齐祖提及加缪，这位伟大的球星只读到初一，没听说他喜欢文学，但“置身于阳光与苦难之间”的阿尔及利亚，确实也是齐达内的基因密码——苦难，清贫，精神洁癖，以及地中海气质：狂欢，狂欢背后的忧郁。

茶杯风暴

退役后的齐达内依旧是男模身材，对一个以三百六十度马赛大回旋过人动作彪炳史册的人来说，这一点很重要。另外就是他同样标志性的秃头，既然迟早要秃，那索性剃个精光反而更体面（这一点钭江明这样的时尚人士以及张玮玮这样的民谣天王都懂的）。哦也，我终于近距离地考察了这个魔头——不仅天庭饱满而且还有点崎岖险峻，适于顶出角度诡异的头球，在法兰西大球场上半场连续两个角球头攻得手之后，即便一只蚊子落到他的脑门上，你也只能想到峨眉金顶上的秃鹫，而在柏林怒顶马特拉齐之后，即便他朝你点个头，你也不免胸口为之一炸。

凑巧我把上海乐队“顶楼的马戏团”主唱陆晨和他老婆奇乐叫来了——陆太是法国华裔，我请她当翻译。顶楼的马戏团简称“顶马”，顶马的豆瓣小组头像正是齐达内那张“顶马”。陆晨一直在旁边满怀敬意地盯着齐达内的光头，后来他也跟着剃了个光头。

在“顶马”之后，我们才终于看清了齐达内的源头：街头足球混混。首先，街头足球几乎是不玩头球的，头的作用主要是在发生争执时充当武器；另外，正是马赛第十六区移民工人混杂的卡斯特拉内，这个肮脏崎岖的街区培养了齐达内对惊险万状的球路落点的判断力，他善于一接球就把传得不好落点不好的坏球变成好球。在街头他从不起跳，总是等着高空球落到脚下，进入正式球队后他仍然讨厌角球和头球。齐达内的头球完全是后天练出来的，这是第一个启蒙教练让·瓦罗的功劳：他逼着齐达内练头球。而他的马赛大回旋也是后天练出来的——街头坑洼不平很难耍这样的动作——这是第二个启蒙教练让·费尔南德斯的功劳，他让齐达内不断往墙上踢球，球一弹回来就立马转身处于进攻方向，转身转得越快越好，就跟陀螺似的。

齐达内在世界杯历史上一共吃过三张红牌，这是个吓人的纪录。但回顾一下早年的案底也就毫不奇怪了：早在职业生涯一开始他就曾在一场丙级比赛中因报复动作被停赛三周；2000 年尤文图斯对汉堡的欧冠小组赛他因为用头撞翻对手而被停赛五场；最早的前科则是在一场少年队邀请赛的决赛上，他用头攻击对手而导致比赛腰斩。

我不得不回避这个敏感话题。赞助商负责接待齐达内的一位女士告诉我，齐达内夫妇最爱喝中国绿茶，尤爱龙井，上次去香港便狂买，这次一到上海，齐太又提出要去买绿茶。

没人指望齐达内说出什么惊天动地的话，他走路悄无声息，说话轻声细语，偶尔也笑，但笑起来很腼腆，这个男人安静得像一片茶叶，泡在一杯纯净的水里……然而风暴会从马赛的卡斯特拉内街头突如其来降临，令茶杯爆裂。

街头斗士与超级奶爸

齐达内望着对岸的浦东说："来过三次上海了，变化很大。"确实变化很大，但很难相信他真的分得清很多城市之间的差别在哪。在太太去逛田子坊的时候，他却只能待在酒店接受采访。家，球场，酒店，对他来说三位一体；圣父，圣灵，圣子，还有一个快乐的魔鬼在夜店流连，但他很难跟齐祖喝上一杯。

齐达内是少有的不爱夜生活的球员，这与低调的性情有关，也来自青少年时代得到的教诲。刚出道时戛纳队客场输给南锡，一位队友拉他去海边泡吧，结果在那儿碰见戛纳球会老板佩德莱蒂，老板忠告他：“我不希望在球队输球当晚，在这儿见到你。”

维埃里去年来北京宣传他和马尔蒂尼的时尚品牌 sweet years 时，说很后悔年轻时离开尤文图斯，假如可以重新选择，他愿意一直留在尤文，跟齐达内一起夺取很多冠军。我把这话转达给齐祖，他笑了，“我和他很要好，我们唯一的区别只是我已婚而他未婚。”

皇马当年一来北京就直扑秀水街，菲戈去了一次还不够，深夜竟然还要翻译王勤伯带他再去，不信这么棒的 A 货盗版天堂会早早打烊。有文化的球员如索拉里则抽空去了天安门。只有齐达内既没去秀水街也没去天安门。经典宅男，家庭模范，没有场外丑闻，丑闻也仅限于足球场内。这要归功于父母从小给他营造的安乐窝，归功于三个哥哥和一个姐姐（他是最小的孩子），归功于少年集训时曾寄宿的好人埃利诺一家，归功于启蒙教练瓦罗先生，在成长时期，齐达内可以说有三个父亲。

更重要的是那个名为维罗妮卡的安达卢西亚后裔，这位前舞蹈演员还给他带来四个儿子。我问齐达内：退役后可以随便带儿子们出去玩而不被打搅了吗？他说在公众场合还是容易被人拦路甚至围困，但他早就学会怎么跟儿子们玩——屋外草坪可以玩小型足球，屋里可以玩桌子足球。大儿子恩佐如今的精湛技术就源于幼年在都灵家屋外草坪和父亲的足球游戏。至于桌子足球，“我经常跟他们玩这个，有时会故意输给他们中的一两个。”说到这齐祖笑得皱纹乱跳。

家庭，就是他的糖果盒，但糖果盒有时突然会溜出一个魔鬼。马赛的地中海享乐主义夹杂着底层种族混杂的街区暴力。作为同龄人，我童年在中国南方海边也经历过“严打”时期的社会治安动荡，从小就必须对付街头游戏与街头群架的模糊界限，齐达内这样一个街头艺术家很容易在街头足球游戏中激怒那些街头斗士——而最终街头艺术家也只能被活活逼成一个以暴易暴的街头斗士。

友与敌

你经常必须面对敌阵中的好友、恩师、偶像。

尤文图斯击败河床夺得丰田杯，齐达内击败了自己最大的偶像恩佐·弗朗西斯科利，而这是两人友情的开始，赛后他不知该安慰还是该感激乌拉圭大师，千言万语只有一个意思：“对不起我打败了你，但是我爱你！”

1998 年法国点球决胜击败意大利，维埃里，这个齐达内在尤文最好的朋友趴在他肩上痛哭，而齐达内默默地抚慰他，像对待一个丢了玩具和家钥匙的小伙伴。2000 年欧洲杯半决赛对葡萄牙，终场前沙维尔手球被罚点球，菲戈愤然退场抗议，而齐达内罚入点球，菲戈突然死亡——几年后他们在马德里成为好友。2006 年，他时隔八年之后又一次在世界杯重创了罗纳尔多，1998 年两人还没任何交情，八年后则已成为皇马好友，我记得他在中圈弧挑球过掉肥罗，也记得他在赛后抚摸肥罗那张落寞的脸。

也是 2006 年，在柏林，当齐达内被亮出红牌，“布冯，意大利的守门员，突然出现了，开始对他说话并抚摩他的头，揉捏他的头顶和后颈，以一种惊人的，温柔的，包围的动作，以一个敷圣油的动作，像人们对一个孩子，一个新生儿所作的那样，试图使他安静，镇定下来。”（图森《齐达内的忧郁》）

应该说是国王在被剥夺王冠后受洗——在那一刻，“齐达内”成为某种将圣油和血掺杂在一起的，奇特的宗教仪式。

莱昂纳德 · 科恩在传记片中曾讲了一个印度史诗《薄伽梵歌》中的故事 ：“伟大的将军阿周那站在战车上，军队蓄势待发，他突然发现对面山谷的敌营里有他的亲朋好友和恩师。克里希纳神对他说 ：你永远无法避免这场战争，你是一个战士，前进吧，伟大的战士，他们将明白邪不压正，你也要明白这是一场戏，这是我的旨意，你踏进我为你决定的战场，这不是你能决定的，所以前进吧，勇敢的战士，抓住你的天数你的命运，挺身完成你的使命。”

而足球是战争的戏拟。

你如何面对日复一日的战争，面对敌阵中的好友？

齐达内回答我："走进球场的时候，就应该忘掉一切。"

十个恩佐加一个巴特斯

1984 年，恩佐 · 弗朗西斯科利来到马赛，他在马赛仅仅踢了一个赛季，但这已足够改变一个十二岁球童的人生，他如痴如醉地研究和模仿这位乌拉圭人的球技，却从不敢上去要签名并和偶像说话。

直到十二年之后在东京，在尤文 1 比 0 战胜河床之后，这位马赛球童才在乌拉圭队友丰塞卡和蒙特罗陪伴下来到乌拉圭更衣室。他告诉偶像：他给儿子起名叫恩佐。

为什么齐达内的偶像不是马拉多纳而是弗朗西斯科利？这就像我喜欢克鲁伊夫胜过贝利一样，爱是没什么道理可讲的。我还有个朋友最喜欢潘采夫——那个意甲史上最差外援之一——以至于把潘采夫当做自己笔名。

我曾经问法国手风琴大师理查德·加利亚诺，为什么他最喜欢的爵士乐手是克利福德·布朗，而不是迈尔斯·戴维斯。他说那是因为他十四岁时有一次走进一个唱片店恰好听到一曲小号，而这小号是克利福德·布朗吹的，“这就像初恋。”

“你对恩佐·弗朗西斯科利就像初恋一样？”

齐达内回答：“是的！”

我请他列出他心目中的梦幻十一人阵容。

他说：“恩佐·弗朗西斯科利。”

还有其他十个人呢？

“再加九个恩佐，还有一个巴特斯。”

“两个恩佐见过面吗？”

“见过，我们两家人很熟。”

“除了球技，恩佐·弗朗西斯科利还有什么吸引你，英俊潇洒？”

“他的为人。当我第一次认识他，他和我想象的完全一致，很低调的一个人。”

优雅的球技，低调的为人。这是两个人的共通之处。

然而弗朗西斯科利并没有他法国徒弟火爆的那一面，尽管他身处乌拉圭足球的暴力黑暗时代，但出污泥而不染。弗朗西斯科利出身中产阶级，也是典型的河床球星，而以齐达内的出身，应该更接近于河床死敌——底层街头斗士博卡——才是。齐达内对弗朗西斯科利，虽向往之，但不能至。

然而他的矛盾也正是他的魅力。

一个人与一个时代

南非世界杯前，路易威登拍了一个广告，贝利、马拉多纳、齐达内在一起玩桌子足球。这是对世界足球历史的一个定位：三个不同时代的最佳球员。齐达内说："这是个好主意，把三个不同时代的球员招到一起来。"

然而马拉多纳并不愿见到老冤家，当时故意迟到，直到贝利离开才到达拍摄现场，也就是说这张三人玩桌子足球的温馨照是 ps 的，但齐达内拒绝证实这个传言："这个我不能说。"哈哈，还用说吗？

对这二位王爷，齐达内只是敬重，不像对弗朗西斯科利——那是爱！对于贝利和马拉多纳谁是老大这个足球史的永恒选举，他选择弃权。贝利喜欢罗纳尔多胜过齐达内，迭戈则喜欢皮耶罗胜过齐达内。二位球王跟齐达内并不是很来电。

齐达内究竟是否当之无愧堪称这个时代的最佳代表？作为一个铁杆巴迷，我权衡再三后不得不说：也许，是的！齐祖的对手无非是巴西4R：罗马里奥，里瓦尔多，罗纳尔多，罗纳尔迪尼奥。尽管就足球技术而言4R和齐达内有得一拼，甚至有过之而无不及，但他们缺乏齐达内的勤勉自律。克鲁伊夫也称：齐达内定义了这个时代的足球。

我问他："谁是你足球生涯中最大的对手？"

他脱口而出："罗纳尔多。"

接着补充说："他不只是一个对手，也是一个很棒的朋友。"并强调："他在十九岁的时候就踢得很好了。"

我问他："谁是齐达内之后的最佳球员？"

他依次答："克里斯蒂亚诺（C罗），梅西，斯内德。"我吃惊他会把斯内德也算上。

"谁会夺得今年金球奖？"

"应该给一位西班牙球员。"

不是哈维就是伊涅斯塔。作为铁杆巴萨球员，我不得不说哈维和伊涅斯塔比齐达内还差那么一点点，哈维的组织能力和伊涅斯塔的突破能力比齐达内有过之而无不及，但他俩的进球还是太少了。

"你的偶像是恩佐，那么恩佐的偶像呢？"第一个是指弗朗西斯科利，第二个是指他儿子。

他回答得干脆："他爸爸。"

恩佐的马赛大回旋和父亲玩得一模一样。

符号帝

足球符号。

悬念是：他会不会成为一名牛逼教练？

以他内向寡言的性格，连当队长都不大合适，以往齐祖一直讳言执教之事，但我不死心地追问："你有朝一日会像布兰克那样站在场边指挥吗？"

以为他会回避，没想到回答是：Maybe！

时尚符号。

为什么齐达内在退役后仍然受到很多品牌的青睐？虽然女人尤其法国女人认为他无比性感，但毕竟没有洗发水护肤品会找他……

齐达内传记作者让·菲利普写过一个有趣的细节：在一次媒体活动上，他发现当时刚刚成名不久的齐祖一直不自在地拉袖子，以遮住自己戴的名表。

在外滩的半岛酒店，他一边配合摄影师一边不好意思地说：“我现在很少拍照，有点不习惯。”当摄影师要他完全露出手上戴的赞助品牌手表时，齐祖乖乖照办，但在露出名表的同时又露出一丝腼腆。

这就是齐达内的低调。而时尚品牌如今哭着喊着要追求的，不就是“低调奢华”吗？

文艺符号。

正是齐达内 1998 年在巴黎攻进两个球，令足球在法国变成很多作家、知识分子的时尚，他们转而从齐达内脚下寻获修辞、节奏和玄想。曾为《费加罗报》和《队报》撰写世界杯专栏的图森，他那篇短短数千字的《齐达内的忧郁》竟然在午夜出版社推出单行本，他仿照福楼拜的名言“包法利夫人，就是我”说：“齐达内，就是我。”在这篇天马行空的随笔中，他以想象来超越肉眼，当他发现电视战胜了肉眼（观众以及主裁都没捕捉到齐达内顶马动作，而是事发后通过电视摄像），便毫不犹豫地用芝诺悖论的哲学玄想否定了电视。

在此之前，英国影像艺术家道格拉斯·戈登和菲利普·帕雷诺在伯纳乌用几十台摄像机拍成一部关于齐达内的影像作品《齐达内：21 世纪的肖像》，后摇滚大牌乐队 Mogwai 为之配乐。

这就如同贾格尔和梦露之于安迪·沃霍尔。

政治符号。

“齐达内”甚至一度成为政治形容词，用以指称某个犀利优雅的政客，或形容某种果敢漂亮的政治作风。但齐达内似乎只满足于成为一个政治形容词，他既不像德塞利一样有意参与政治，也不像亨利偶尔会站出来批评种族歧视，齐达内满足于和政客们握手干杯，几乎不发表政治社会言论。而图拉姆截然相反，他曾怒斥萨科奇，要总理站出来和他公开辩论。

齐达内在法国被当成种族团结的重要象征，我本来想问他对萨科奇驱逐吉卜赛人有何看法，想想还是算了，改问他的公益慈善计划吧，他毕竟是联合国反贫困计划的代言人。齐祖说他现在最重要的事情之一就是和罗纳尔多一起做的慈善基金会，每年有一场比赛（“齐达内的朋友”对“罗纳尔多的朋友”），“要选择一个档期实在不容易，我和罗纳尔多经常为此通电话。”

国家符号。

1998 年法国夺冠时，齐达内的名字被用灯打到凯旋门上。2006 年世界杯决赛前夕，我走进凯旋门附近一家体育品牌专卖店，还见到印有“france 3∶0 brazil”的 T 恤，气得我扭头就走。决赛当晚凯旋门附近的大屏幕人头汹涌，当齐达内被亮出红牌，有些法国人和意大利人对骂起来甚至动了手。第二天巴黎的报纸头版突出的并不是“顶马”那张，而是一张令人肝肠寸断的照片：颁奖礼上齐达内从近在咫尺的大力神杯旁走过，眼睛的余光瞄到了大力神杯。

我知道“顶马”是采访齐达内的禁区，赞助商也希望我不要提及南非世界杯的法国内讧。这是否说明齐达内的人格真的已和国格混同了？法兰西的尊严，俨然成了一个雷区。

马特拉齐曾对王勤伯说，他无法理解齐达内为什么拒绝跟他和解。

哈维在欧冠决赛上曾怒斥C罗，当记者问及此事，哈维道出一个简单的道理：“球场上发生的事情，就把它留在球场吧。”但齐达内不顾很多名宿和朋友的调解，似乎决意永远供奉这个心魔。

蜂蜜与忧郁

马拉多纳曾在自传中嫌齐达内“总是一副郁郁寡欢的样子，踢起球来好像不大快乐”。

只能说迭戈以貌取人，难道在球场上非得脉脉含情或龇牙咧嘴才叫快乐？不懂什么叫闷骚吗？

齐达内有一个伟大的特性（如今梅西也有），那就是在球出界或对手犯规被判罚之后，他总是不耽误不啰嗦，迫不及待地立即捡球发球进攻，这是一种本能地对于足球的痴迷：不愿这种踢球的巨大快感中断。齐祖指出：“假如一场比赛平均每分钟一次犯规，这球还怎么踢？”

这就是为什么他对皇马少年队前途无量的中场球星恩佐，保持极度的审慎和低调。在我采访他之前一天，韩国记者竟问他：“你会给恩佐买什么样的表？”齐祖唯有苦笑。为了避免骚扰，齐达内一直让儿子用母亲的名字登记注册，直到现在恩佐羽翼渐丰，才以恩佐·齐达内之名出现。齐达内一再强调：“恩佐现在最重要的是学习（继续中学学业），并享受足球。不要想太多，因为现在的足球身体对抗越来越激烈，要当一个职业球员越来越难了。”他的足球趣味是80年代的，他曾经在看女子足球比赛时感慨：女子足球更细腻，像他以前在少年队那样，没有铲球，没有拉拽球衣。

而铲球和拉拽球衣正是马特拉齐的拿手好戏，当然还有各种咒骂。维埃里曾对我说：“每一次背后飞铲应停赛十场。”齐达内堪称古典足球和现代足球的集大成者，但在职业生涯的最后一刻，他在这两种足球风格的拉锯中成为一个撕裂的伤口。

图森在《齐达内的忧郁》一文中将那个柏林的决战之夜描述为“忧郁与形式”，所谓形式即是比赛本身——快感和激情，而齐达内的“忧郁”，被图森解释为“疲惫，脆弱，想要尽快结束的渴望”。应该说是：厌倦。罗马尼亚哲人齐奥朗称：“任何一种类型的厌倦都会向我们揭示两件事：我们的肉身和世界的虚无。”最终，作为对虚无的对抗，齐达内选择了那个动作——图森形容这个动作“像僻静的夜晚突然涌出的黑色胆汁”。

罗伯特·伯顿在旷世奇作《忧郁的解剖》中，曾指出忧郁的剂量：一品脱的蜂蜜可能含有一加仑的忧郁。

这就是齐达内的秘密配方。

他长得老相，因此没有像贝克汉姆被唤做小贝一样被中国人叫成小齐——心太软头和脚可就硬不起来——不过“齐祖”在法语中就有“小齐”之意，在他成名后，先是法国人后来是全世界都用这个卖萌的名字来叫他，但中文听上去相当于艾未未给他儿子起名为“艾老”。齐祖确实是一个一生下来就老了的足球老妖。

齐丹才是正确的译名，但只有上海外语原教旨主义解说员娄一晨才坚持这么叫。虽然你也不妨想象一个足球炼丹术士，但“齐达内”真是一个错误得漂亮的译名——修齐治平，四海一心，长鲸吸百川。

采访和时装大片拍摄结束后，齐达内顺走了他拍照时换上的那条尚未正式上市的LV牛仔裤，手拿着裤子下了电梯，经纪人回头向一脸惊讶的时装编辑做了一个“Sorry”的表情。这个细节不便在《时尚先生》杂志上写出来。

但我喜欢这个细节。

巨鲸变虾米。一个真实的齐达内。

（2011，修改于2014）

斧头帮乔治或兰波

他的葬礼上有一条标语：Pele，good；Diego，better；George，best。

2003年，《南方体育》发过一篇关于乔治·贝斯特酗酒的报道，最后一句是“他恐将不久于人世”。年轻记者不厚道。确实，他只又活了两年。但是对一个60年代的酒鬼来说，五十九岁堪称高寿了。

1963年，披头士征服英伦，乔治·贝斯特加盟曼联年方十七；1965年，披头士征服全世界，以《橡胶灵魂》奠定成熟风格，乔治·贝斯特以披头士般漂亮流畅的带球功夫震撼足坛，当年欧洲俱乐部联赛四分之一决赛第二回合5比1狂胜本菲卡一役成为其代表作；1968年披头士推出巅峰巨作《白色专辑》，乔治·贝斯特在欧洲联赛决赛4比1胜本菲卡夺冠之后，被誉为“第五个披头士”——这个美誉其实最早是葡萄牙媒体而不是英国媒体授予的；1970年，披头士解散，1972年，乔治·贝斯特宣布退役，年方二十六。尽管后来他破碎不堪地一直踢到1984年，但足球史倾向于认定这个弗格森所说的“曼联历史上最伟大的天才”、贝利所说的“最伟大的欧洲球员之一”二十六岁就歇菜了。于是，乔治·贝斯特和披头士一样被作为圣徒永远封存在60年代的圣殿。

但乔治·贝斯特的气质其实更接近于滚石，而不是披头士。他更应该被称为第五块滚石——接替因吸毒早逝的布莱恩·琼斯的位置，而他长得比布莱恩·琼斯更漂亮，气质又比贾格尔更邪乎。

乔治·贝斯特不仅有他招牌的过人技术，还有一脚凶狠而准确的铲球，但一个凶铲的魔鬼可以瞬间变成一个带球过人展翅飞翔的天使，而他的口才和笔才和他的过人动作一样优雅而疯狂——“我生来就有无穷无尽的天才，但与生俱来的还有一种可以摧毁一切的邪恶力量——没错，就像我在场上希望超过所有人一样，每当我在城里散步时，我总想拿斧子砍下所有人的头颅。”这是一个连环杀手还是一个现代主义诗人的自白？这是开膛手杰克还是兰波？

在新教传统森严的60年代英国，乔治·贝斯特，这个贝尔法斯特酒鬼和贾格尔等人同流合污狼狈为奸，把沉闷的不列颠变成他们肮脏而又辉煌的酒桌。巴斯比爵士曾宣称乔治·贝斯特踢球好像有六条腿——他更像一个被魔鬼陛下劫持的六翼天使。

1967年，凯斯·理查兹和贾格尔因藏毒分别被判监一年和四个月，泰晤士报社论作者威廉·瑞斯莫格一反小报对滚石乐队的狂轰滥炸，指出："假如我们想要将一个判决视为优良的英国传统与新的享乐主义之间的斗争，那么我们应当保证，优良的英国传统也包括宽容和平等。"时隔三十多年之后贾格尔被册封爵士，正是这一"宽容与平等"传统之登峰造极。乔治·贝斯特尽管死前一年还丑闻不断——超速被吊销驾照，袭击少女，离婚……但人们对他的反应只是摇头、微笑、叹息、祝福。

英国媒体隔三差五拿贝克汉姆和他的三流歌星老婆说事儿，拿阿什利·科尔和他的四流歌星老婆说事儿，但要说足球与音乐的关系，谁能跟约翰·列侬比肩？利物浦国际机场以约翰·列侬命名，而贝尔法斯特国际机场则以乔治·贝斯特命名。再比较一桩骇人听闻的流氓逸事吧，滚石乐队是英国摇滚友妻门的鼻祖，乔治·贝斯特则是英国足球友妻门的鼻祖，他曾在朋友的婚礼上把新娘搞上了；可与之媲美的是美国朋克老炮伊基·波普（Iggy Pop），这厮是在自己的婚礼上跟别的女人搞上了。乔治·贝斯特是足球史上的摇滚巨星，也差不多是唯一能跻身于60年代世界性的青年反文化（counter culture）圣殿的足球运动员，而当年的英国足球三杰的另外二位，博比·查尔顿和丹尼斯·劳，只不过是国家劳模而已。

这是为什么？不仅仅是因为他艺高人帅，也不仅仅是因为他纵情酒色一身邪气，或许还因为他和贾格尔一样，并非出自底层，而是来自中产阶级的反叛者——这令他在优雅和疯狂之间分裂得更为彻底，也更为迷人。他将厌倦与虚无转化为一种精致的时代病，他用威士忌来喂养自己的伤口。他的先驱与其说是19世纪发明了足球的矿工，还不如说是发明了青春神话的奥斯卡·王尔德，他的战友与其说是博比·查尔顿和丹尼斯·劳，还不如说是约翰·列侬和贾格尔。他们都以纵欲来反叛英国式体面而虚伪的伦理道德。

不过，当这种反叛日渐被社会消化，所谓60年代革命也就沦为消费主义时尚。贾格尔还能在舞台上不断重复表演过去的自己，还能活到老骚到老，但球员只拥有青春，乔治·贝斯特只能活在一件时髦T恤上，其正面写着：别喝酒！背面写着：那是我十分钟前说的话了。然而，也只有乔治·贝斯特而不是加斯科因，能被印在这件T恤上，尽管加斯科因堪称乔治·贝斯特之后最富才华的英国球员，但他只是英国足球底层酒鬼传统的又一奇葩。

而乔治·贝斯特不仅仅是 21 世纪又一个无可救药的酒鬼，他俨然是 60 年代的酒神。

（2005）

当国王竖起衣领

我没准会成为一名曼联球迷，假如坎通纳在曼联的时间再长一些。

在我喜欢的法国人里面，他甚至可以和萨蒂、加缪和戈达尔并称 F4。从未有一位球员能像坎通纳一样集优雅和疯狂于一身，集绅士和流氓于一身，如此混血、迷乱、孤绝的气质，让人想到更早的某段摇滚年代——70 年代末 80 年代初，哥特、朋克与新浪潮交集的火山口，也盛产过那么一些异种：左手举着玫瑰，右手竖起中指，一袭华服下一无所有，唯有一小撮屌毛像答案在风中飘扬。

坎爷之朋克，远不仅指他的中国功夫，而是他决绝的放弃，三张出头就退役，拒绝高薪合同，更不为国争光——也许这一切，都不如跷着二郎腿坐在马桶上发呆来得痛快。在花花世界的巨网将这浪里白条扔到案板刀下做成一道鱼生美味之前，这条孤独的鱼抢先把大海吐得干干净净，最后吐出骨头，把自己变成一个胖子，把全世界压在身子底下。

整个足球世界一地鱼骨，每一个球星为了能吃到更美味的鱼生，都会把自己先卖给鱼贩子。而在一部电影里，坎通纳扮演了一个钓鱼者，冷眼看世界。

这位大腹便便的重磅老朋克骂过的无数人当中，最牛逼的，一个是红魔老板格拉泽，一个是法国队长德尚。

坎通纳提醒曼联球迷："假如可口可乐（比曼联）划算，他就会去收购可口可乐。"他并不是反商业，只是在提醒人们：保持传统的延续性，保持纯粹的热爱，才是足球运动的命脉。坎通纳喜欢小罗："看了罗纳尔迪尼奥踢球，每个小孩都想去踢球，而如果踢球的都是德尚这样的人，那么这世界就只剩几个人会去踢球了，而且还都是德尚的表弟侄子什么的。"幸好德尚举起过大力神杯，否则这句关于德尚的名言可能会比德尚本人更有名。坎通纳以极为刻薄的方式捍卫足球艺术，而耐克马上请他和罗纳尔迪尼奥一起拍漂亮足球的广告，没有比他俩更合适的了。

有普拉蒂尼，就必须有坎通纳，正如有贝利，就必须有马拉多纳。坎通纳球技虽不及马拉多纳，其朋克叛色却在老马之上。马拉多纳的反叛仍然离不开对权力—尽管这种霸权往往以反霸权的姿态示人—的依附，比如他动辄一副要扑到卡斯特罗怀里的模样。而坎通纳谁都不傍，他只有他自己，既不尾随格瓦拉，也不叫上阿Q，一个人的革命。人生有三大境界，不是自由、平等、博爱，而是懂得怒、懂得哭、懂得笑。马拉多纳能同时将这三把乐器端到嘴边狂吹，这是一种无人可及的牛逼素质。而坎通纳输在不懂得哭，输在把怒发挥到了极致—当他凌空飞踹球迷，当他给法国足协写信说“你们是一坨屎”，他变成了一个自我放逐于法外之地的孤魂野鬼，他不屌这个世界，从这个意义上说，坎通纳才是真正的外星人。

有的人是含着糖踢球，如贝克汉姆；有的人是含着奶踢球，如吉格斯；有的人是含着酒踢球，如布莱恩·罗布森；有的人是含着血踢球，如基恩；有的人则是含着胆汁踢球，如坎通纳。

坎通纳就这样，不踢球就去拍电影，不画画就去遛狗，当激情不再虚无袭来，那就坐在马桶上发呆，而马桶上的国王，也比王座上的白痴灿烂。

70 年代末 80 年代初，全中国的男人和男孩都想要一件大衣，都想学高仓健那样把大衣领子竖起来。90 年代，每个曼联球迷都想学坎通纳那样把球衣领子竖起来。

但再没有哪个曼联球员，敢在老特拉福德竖起球衣领子，因为那是国王的专利。

（2005）

我会让你懂得什么是骄傲

2010年春天在老特拉福德，曼联与利物浦的国家德比，中场休息我应邀上去要点球。球场广播介绍了我的大名——但是鬼才听得懂丫的发音——接着又喊：他最喜欢的曼联球员是——Roy Keane！Roy Keane这个名字是拖长音吼出来的，全场爆发出一阵欢呼，仿佛出来罚点球的是Roy Keane本尊。好在我也没给Roy Keane丢脸，点球轻松罚进。

基恩之后的曼联依旧强大，却失去了那么一股令对手敬畏的血性。

在莫耶斯时代，红魔球迷怀念弗格森，在鲁尼时代，难免也怀念罗伊·基恩。鲁尼的忠诚似乎和周薪成正比。

鲁尼说过他曾在训练场被基恩劈头盖脸痛骂："你还想不想在曼联混了？！"

"没有基恩，曼联就是一坨屎。"曼城队足球流氓、Oasis

乐队主唱 Noel Gallagher 曾对《442》杂志这么说。多么牛逼的矛盾，他如此厌恶曼联，却又如此赞美基恩。就像伯纳乌为罗纳尔迪尼奥起立鼓掌，基恩赢得死敌的赞美和尊敬，这才是比赢球高得多的荣誉。

从技术和场上角色来看，基恩是布莱恩·罗布森和保罗·因斯二人的合体，兼具罗布森的指挥能力和因斯的刚猛好斗，而在性格和气质上，他与坎通纳是同类——他们都是真正的异类。基恩和坎通纳一样骄傲、火爆，但坎通纳骨子里是一个优雅闲适的人，一个沙滩足球大师，他可以死在沙滩上，而基恩只能死在战场，坎通纳是雅士，基恩是斗士。基恩曾赞美坎通纳是“一个伟岸、沉思的天才”，是“一个傲骨铮铮的人”，他说：“我认为是他决定如果不能在曼联踢球，就彻底退出足坛。我很欣赏他这一点。”可惜，基恩竟然无法做到在曼联退役，他被爵爷清扫出门。好在最终为凯尔特人队效力，也圆了他儿时的梦想。Noel Gallagher 也是凯尔特血统，也支持凯尔特人队，他知道基恩不可能去曼城，便梦想基恩能效力凯尔特人队，没想到竟然美梦成真。2006 年 5 月 10 日，凯尔特人和曼联在老特拉福德为基恩举行了纪念赛，尽管他和弗格森的反目令人痛心，这仍然算得上一个完美的告别。

基恩宣称："是的，我是一个骄傲的凯尔特人。"他仍然是那个盛产酒鬼和修女、疯子和教士的神奇岛国的凯尔特杂种，将疯狂与虔诚、孤僻与煽动力奇异合一。爱尔兰人始终是处于英国人边缘的异类，英国这匹臃肿的种马，有时候就欠爱尔兰猎犬狠狠咬一口。从这个意义上说，基恩既是凯尔特的民族图腾，又是爱尔兰的国家英雄。但牛逼就牛逼在——这个骄傲的凯尔特人可以将所谓国家荣誉抛在脑后，可以置千万人唾骂于不顾，捍卫自己的骄傲，就因为受不了主帅麦卡锡的不职业，就因为受不了国家队顿顿吃披萨，他竟然从韩国训练营直接走人回家。这是世界杯历史上最不可思议的叛变，还记得当时连岳在《南方体育》的文章标题——《当一个男人不在乎这个世界》。

在藐视教练拒绝世界杯这事儿上，基恩属于克鲁伊夫、舒斯特尔这一谱系。在蓄意伤人这事儿上，基恩则继承了坎通纳的传统，但又比坎通纳残忍百倍，没有人会像他这样居然在自传里承认自己是故意要踢断哈兰德的腿。基恩就是一部限制级大片，一部暴力惊悚悬念B级片。大部分踢球者，你只能闻到他们身上的汗臭，但有的人不同，假如说对手靠近因斯时闻到的是英格兰斗牛犬的血腥，那么靠近坎通纳时闻到的就是巴黎香水的味道，而靠近基恩时，你会闻到爱尔兰科克城郊区采石场的味道，或者凯尔特兵团军火库硫黄的气息。

基恩在自传中为曼联定过一个标准："那的确是失败，因为我们没能达到在老特拉福德所面对的那些人定下的标准。这些人包括：马特·巴斯比、博比·查尔顿、乔治·贝斯特、丹尼斯·劳、慕尼黑队、布莱恩·罗布森、埃里克·坎通纳。正是因为这些人，我才想为曼联效力。"当然，现在我们可以在这串名单上再加上——罗伊·基恩。不知道鲁尼今后会不会出现在这个经典谱系当中，但基恩骂他那句话，真应该铭刻在老特拉福德入口——"你还想不想在曼联混了？！"

基恩和维埃拉一起，奠定了英超江湖的丛林原则。看惯基恩与维埃拉之间巨鲸猛鲨般的恶斗，其他人简直成了游泳池的鸳鸯戏水。维埃拉在自传中怒斥范尼是无良虚伪小人，却对自己最大的对手基恩深表敬意："我和杰拉德都从他那儿学了不少。"

沃勒尔和里杰卡尔德这对1990年世界杯的仇人，后来曾在一个牛奶品牌的撮合下握手言和。世界足球未来的两大悬念是基恩和哈兰德、齐达内和马特拉齐这两对璧人会不会有朝一日和解。而基恩和维埃拉，原本就是臭味相投的一对，只不过命运让他们各为其主而已。

从基恩和维埃拉的“曼联阿森纳联合最强阵容”，可以看出他们的品位和脾性同多于异。门将：舒梅切尔；后卫：劳伦、亚当斯、斯塔姆、阿什利·科尔/埃尔文；中场：C罗、基恩、维埃拉、皮雷/贝克汉姆；前锋：亨利、坎通纳。在中前卫位置上，基恩和维埃拉都选择对方做搭档！基恩说：“我会让自己入选，这很好，但我可能会被罚下。”维埃拉则说：“你能想象吗？第一周可能是你被罚下，接下来一周我可能也被罚下了。”职业生涯中基恩和维埃拉的红牌数相加达到了二十一张。这二位爷联手确立了英超“弄他！弄他！”的铁血标准。

从基恩的选择可以看出他的老派标准，在左后卫位置，维埃拉挑阿什利·科尔，而基恩坚持要埃尔文，理由是“埃尔文从无场外新闻”，言下之意阿什利·科尔是个场外事儿逼。在皮雷的位置上，基恩则选择贝克汉姆，有趣的是不管在他评选的曼联最佳阵容，还是在这个曼联阿森纳联合阵容里，都没有吉格斯的位置。吉格斯对他来说恐怕也是个场外的事儿逼，基恩宁可挑贝克汉姆也不会挑他。

作为同时效力过这两家死敌的人，或许范佩西最有资格成为这个联合阵容的最佳替补，但我估计基恩不会看上这样一个叛将，就像他看不上阿什利·科尔一样。老派的价值观，核心始终是忠诚。弗格森这辈子最恨的球员恐怕是因斯，因为“这个蠢货”后来又加盟死敌利物浦来报复他。但基恩对曼联忠心耿耿，他承认当自己取回东西驾车离开曼联俱乐部的时候，哭了。

主帅与球霸的故事，可以足足写一部书，可以成为一门学问。有些教练能够容忍球霸，甚至利用球霸来达到自己控制球队的目的。举一举中国球迷知道的例子吧，比如米卢与郝海东，徐根宝与范志毅。郝海东曾炮轰米卢，但米卢最终忍辱负重礼贤下士促其归顺，不过心高气傲的郝董在十强赛有的场次居然从替补席跑到场边指挥起队友，我从未见过一个球员敢在教练眼皮底下如此张扬，但米卢默许，因为这对球队有利。徐根宝和范志毅更是一对妙人，范对徐既忠心耿耿又不时犯上作乱，比如被替换下场后愤然离开球场直接打车回家并且关机失踪好几天，比如拒绝按时起床晨练，事先把几张大团结作为罚款钉在门上。但徐根宝可以当众骂哭范志毅，范志毅也可以当众骂哭其他球员，二人反而结成牢不可破的权力链条。

然而弗格森毕竟是足球史上暴君之最，他不允许更衣室有另一个人跟他抢吹风机，或者说，不允许有两个吹风机存在。弗格森与基恩是足球史上最纠结的一对师徒——他们之间的战争依旧会持续下去，基恩几乎是唯一一个敢在离开之后公开抨击boss的高足（小虾小米忽略不计），并且是狠戳其最大痛处：由于跟大股东马尼耶争一匹赛马的所有权，导致两败俱伤让格拉泽家族有机可乘。基恩抨击爵爷将个人利益置于俱乐部利益之上。但很多爱恨情仇其实源于惺惺相惜，因为他们是同一类人。“你还想不想在曼联混了？！”基恩说出了只有弗格森能说的话，并且把它变成口头禅，这意味着自己早晚没法在曼联混下去。

在阿萨亚斯拍的《侯孝贤面面观》中，侯孝贤表示：“我从小就是打架，那时的世界就是男人的世界，力量的世界，狗咬狗一样，靠凶狠靠力气，以后的世界将会变成女人的世界，女性将成为世界的主宰，但是我还是更怀念那个男人的世界。”这话听上去很不政治正确，但至少，放在足球上会比放在艺术上正确得多——关于那个狗咬狗的男人的世界。

与基恩和弗格森相比，莫耶斯和鲁尼只是唱诗班的小屁孩。范佩西在输给奥林匹亚科斯之后只不过抱怨了两句队友的跑位，就不得不立马在训练场向全队道歉，而媒体居然还煽动俱乐部处罚他，曼联什么时候变得这么娘娘腔了？暴君和球霸的梦幻组合如今渐渐绝迹，他们都属于那个狗咬狗的世界，转眼恍然已成古典的世界。在如今资本一统天下的时代，一个教练再也不可能像弗格森那样成为一手遮天的Boss，在球星人人比拼豪车狂秀脸书的时代，再也出不了基恩这样成天骂队友的大佬。基恩养过一条叫 Triggs 的拉布拉多犬，这条忠犬曾被他写进自传。Triggs 在 2010 年因癌症去世，被很多红魔球迷尊为圣犬，甚至有一本关于 Triggs 的书在网上流传——但很可能只是关于这条圣犬的传奇。Triggs 源于古诺尔斯语，意思是“可靠的”（trustworthy）。

在越来越快速移动瞬息变幻的世界，传奇越来越少，我们或许连讲述和倾听传奇的耐心都没有，更别说继续创造传奇。

（2014）

未来的同时代人

米歇尔斯和洛巴诺夫斯基——纪念这两个糟老头，也是在变相纪念自己像子弹一样飞得太快的青春。

1988 年酷热的夏天，我左牵荷兰，右擎苏联，奔赴高考的刑场。在爱上荷兰三剑客的同时，也爱上了那支电闪雷鸣狂风暴雨的苏联队——他们的光芒有些被荷兰三剑客挡住了。还记得他们吗？好像突然一一记起中学一块儿踢野球的同学名字：

达萨耶夫！米哈伊利琴科！普罗塔索夫！别拉诺夫！

达萨耶夫，后来的布冯很像他；别拉诺夫，他上承布洛欣下启舍甫琴科；普罗塔索夫，猎鹰般的后卫；至于远射王米哈伊利琴科，我喜欢这优雅清澈的名字，可以比美弗朗西斯科利。

米歇尔斯对决洛巴诺夫斯基，乃是足球史决定性的时刻。

追忆缅怀这样的比赛，不仅仅是出于某种青春怀旧情结，还是出于对现状的批判，对足球未来的奢望——即便这种奢望往往会落空。

米歇尔斯和洛巴诺夫斯基各自培养出三名欧洲足球先生：克鲁伊夫、古力特、范巴斯滕，以及布洛欣、别拉诺夫、舍甫琴科。不仅仅是教练，还是老师。米歇尔斯去世的时候，古力特等人在哀悼时不是称他为教练，而是称之为老师，而洛巴诺夫斯基在基辅本来就拥有一个以其名字命名的足球学院，舍甫琴科正是这里的学生。

米歇尔斯和洛巴诺夫斯基都拥有自己一套强大而严密的足球体系或者说足球哲学，前者被命名为全攻全守，而洛巴诺夫斯基的理念和方法其实与米歇尔斯颇为相似，只不过米歇尔斯更强调控球，而他更强调速度。舍甫琴科接受《世界足球》采访时说过：洛巴诺夫斯基在训练中不会把球员截然分成进攻者和防守者。

由米歇尔斯确立的从阿贾克斯到巴塞罗那的路线，就好比从井冈山到延安，始终是世界足球的一条经典革命路线，后来又从克鲁伊夫到里杰卡尔德，再到瓜迪奥拉。要解释巴萨的荷兰情结或荷兰的巴萨情结，不光要追溯到克鲁伊夫，还要追溯到米歇尔斯——70 年代他曾执教巴萨前后达七年之久，虽然成绩并不突出，但必须指出，克鲁伊夫并非没有师承，米歇尔斯堪称教父的教父。米歇尔斯的原则是：不单要取胜，还要漂亮地取胜，才是“双赢”。后来克鲁伊夫所谓“过程足球”（即精彩的过程和结果一样、甚至比结果更为重要），古力特所谓“性感足球”，里杰卡尔德所谓“漂亮足球”，都发源于此。

荷兰足球是世界足球的风车，也是抽风（疯）机。尽管1970年阿贾克斯已是欧洲豪强，荷兰队却无缘世界杯，1974年和1978年两夺世界杯亚军后，1982年和1986年竟又无缘世界杯，更不可思议的是2002年的出局。但最大的悲剧还不在于失败，而是历经大起大落大喜大悲之后荷兰足球的个性逐渐模糊。当今足球甚至已经谈不上漂不漂亮这样奢侈的问题，而是求胜欲望的削弱。2002年，在被国际足联授予终身成就奖时，米歇尔斯对着足球史狠狠劈了一刀，他说：“以前的足球是要求胜，现在的足球是想不输。”不知道米歇尔斯临死前十天有没有看巴萨对切尔西之战。克鲁伊夫甚至偏激地怒斥切尔西的死守打法“会让人憎恨足球这项运动”。

很多人只记得1994年米兰曾经4球狂胜克鲁伊夫的巴萨，却很少提及洛巴诺夫斯基的基辅迪纳摩，1997年曾经客场3球主场4球，7比0爆斩范加尔的巴萨。如今如日中天的宇宙队，曾在诺坎普被舍甫琴科大演帽子戏法。

舍甫琴科说他经常梦见洛巴诺夫斯基。瓦列里·洛巴诺夫斯基——请在三秒钟之内念完他的全名，就像舍甫琴科被要求在三秒钟之内完成从突破到射门的致命一击——请在三秒钟之内读出乌克兰火箭的发射密码。

他永远喜欢坐着指挥，除非发生地震，他是不会站起来的；他永远面无表情，除非一只黄蜂降落在他宽厚的酒糟鼻上，他是不会皱一皱眉头的。这是足球史上最酷的教练，他的外表如冰雕，但他的球队却踢得烈日灼身。或许是他的球员踢得实在太快了，所以，他要牢牢地握住缰绳。在他死之前不久，还在电视上见到他，乌克兰主场对德国，洛巴诺夫斯基坐在那儿，一动不动，老态龙钟，让人担心他会睡着。

1994 年的保加利亚队和 1996 年的捷克队有一些 1988 年苏联队的影子，但没有那支苏联队简洁、精确、快速，就像一把刀子，它的形状，它的长短，它是否雕花刻龙，这都不重要，它就是一把刀子，能杀人，这就够了。名词：刀子。动词：杀。这就够了，不需要多余的形容词。这就是洛巴诺夫斯基的足球哲学：快！像塞纳一样快，像刚抢了银行的大盗一样快，每个前锋都要有一骑绝尘之术，每个中场都要有百步穿杨之功。

2004年，世界足球以波尔图和希腊队实用主义的胜利，来祭奠全攻全守足球三十周年。在穆里尼奥的时代，让我们铭记1988年的米歇尔斯和洛巴诺夫斯基。后人在为音乐大师马勒作传时将他誉为“未来的同时代人”：未来的人们都会把马勒视为自己的同代人，因为他的音乐是开放而常新的。而在足球史上，米歇尔斯（1928—2005）和洛巴诺夫斯基（1939—2003）也配得上这一墓志铭——“未来的同时代人”。

（2005）

偶尔想起那三个鸟人

假如一个女性非球迷或伪球迷只知道一个足球明星，那肯定是贝克汉姆，假如她知道两个，那另外一个肯定是巴乔，假如她的知识面爆棚到三个之多，那第三个就是巴蒂了。老派的女生都活在“双巴”时代，“三巴”？不，巴斯滕的粉丝稍嫌过于专业了。虽然会有诸如 Milanlady 这样痴迷阿尔贝蒂尼的异类，但一般来说女球迷和女伪球迷不是喜欢巴乔就是巴蒂，虽然她们未必清楚足球比赛究竟场上有多少个人，但她们深爱巴乔忧郁凄美的眼神，或巴蒂深邃狂野的眼神。

巴乔还是巴蒂，你更喜欢哪一个？可以从这个问题考察女人的类型。如果她的选择是巴乔，那么恭喜了，你的女朋友是一个奶汁丰富、母爱爆棚的女人，你只管往她怀里扑就是了；如果她的选择是巴蒂，那么辛苦你了，请加紧练一练你的胸肌，直到你的胸前可以毛乎乎地搭一个鸟巢。

前两天又见到一个著名的巴迷——我指的不是我这号巴西迷，而是巴乔迷或巴蒂迷——确切地说这一个是小鸟依人型的巴蒂迷，她一看到电视上在播足球，连是哪个队什么比赛都不问，就本能地尖叫："有巴蒂吗？"

我敬告她："恐怕你这辈子只能跟巴蒂诀别了。"除非中国购买了"卡超"的转播权，或者哪个中国款爷发狠把巴蒂买到中超来，否则，你再也看不到他的比赛了。

我是这样向巴蒂迷描述巴蒂在多哈的生活的：

"他现在骑着骆驼去赛场，又骑着骆驼回家，甚至组织了一个骆驼足球联赛，也就是说，他骑着骆驼踢球。踢完球后，酋长们会把一袋金币扔到巴蒂的骆驼背上。"

如此富于异域情调的描述足以催眠，是的，青春，现在终于可以洗洗睡啦！再狂暴的青春现在也只是一场骆驼嚼草般悠长的午睡，九十分钟的午睡。

巴蒂不像巴乔，他更依赖肉体的狂暴，而不是纤巧的神经，当肉体开始背叛他，他只好止步，迟疑，犹豫，将那亚历山大般沉重的肉体愤然推开，像一扇门一样轰然对喧嚣的世界关上。最终，一个用胡子浸泡烈酒海碗的海盗摇身一变，成为一个垂钓黄昏的渔夫。

我相信，在卡塔尔，Batigoal 还会一次次不断重演，但进球后巴蒂还会像以前那样怒发冲冠，雷神怒吼，最后像角斗士拔剑般拔下角旗吗？那样是否有些滑稽？因为现在四周再也没有罗马斗兽场般疯狂的球迷，也没有全球电视转播。

估计纵使进球如麻，也就挥一挥手，不带走一片云彩吧。我去过多哈，连十强赛卡塔尔对中国的生死战，体育场也不过稀稀拉拉坐了三成人，Batigoal 又有多少人欣赏？哈曼欲建立西亚足球强国，但卡塔尔国奥队不照样杀不进十二强赛？

肩上扛着女儿在海湾散步看夕阳的时候，巴蒂会碰见两个德国佬开着法拉利呼啸而过——那是埃芬博格和巴斯勒。

这两个德国足球的超级鸟人终于可以好好养鸟了——他们现在是提着鸟笼在多哈踢球。临别的时候埃芬博格意识到此去此恨绵绵无绝期，因而决堤般发泄了一通，但他那本自传看起来更像一封长长的遗书。假如说人的上半生像一封情书，下半生就是一封遗书了。运动员，尤其是足球运动员，便是以最为决绝的方式，来划分这一人生的楚河汉界，他们替我们提前挥霍青春告别青春，提前替我们衰老，提前替我们叩问死神。

再嚣张的气焰，最终难免化为车屁股后的一溜烟。竖起你的中指吧！这根中指，是上帝公平地为我们每一个人竖起的，但它更像一根晚祷的蜡烛。

巴蒂斯图塔，埃芬博格，巴斯勒——多哈风尘三侠，阿拉伯沙漠上的三张纸牌，在烈日暴晒下一动不动地斜插着，等待着一阵凉风把他们吹倒。这可是三张王牌！但这个世界，已经不再需要他们出牌。

把火烧旺，然后，把煤气关上。

（2003）

我看到夏日的男孩正在毁灭

对于贾格尔这样年过七旬还能冲全世界撅起屁股的鸟人，你只能骂：老不死的！

崔健曾经也觉得滚石他们全都换过血，但在自传中基思·理查兹澄清了，所谓换血只是他故意向记者开个玩笑。摇滚乐坛有一个永恒的青春神话：死于青春，而不是熬到该死的老年。所谓——Too Fast to Live，Too Young to Die。

2007 年北京意大利电影展有一部好片子叫《同名的人》，讲述一对兄弟在 80 年代初的往事，哥哥是歌星，弟弟是足球明星，兄弟俩都一夜成名，而后在功名利禄的巨大压力下濒临崩溃。哥哥吸毒，与未成年少女性交，弟弟在结束球员生涯后当教练，却风光不再，被妻子抛弃。

这部片子讲的是真人真事：哥哥的原型就是意大利著名歌手卡利法诺（Franco Califano），而弟弟原型是罗马队著名前锋阿戈斯蒂诺，只不过卡利法诺和阿戈斯蒂诺不是兄弟，而是好朋友，并且卡利法诺虽然也住在罗马，却是个国际米兰死忠。更不同的是，现实中卡利法诺一次又一次渡过难关，保住了老牌歌手的地位直至去年去世，而阿戈斯蒂诺则比电影中更为悲惨：在《同名的人》拍摄之前两年，他就自杀了——这也是《同名的人》创作的动机。

昵称“迪巴”的阿戈斯蒂诺是罗马队利德霍尔姆时代的队长和领袖，1983 年他率队夺得意甲冠军，1984 年罗马在点球大战中输给利物浦，痛失欧冠冠军，这是他在罗马的最后一场比赛。阿戈斯蒂诺退役后患上了抑郁症，他在 1994 年 5 月 30 日用手枪自杀，而那一天正是罗马输给利物浦十周年的日子。

在德国门将恩克自杀后，人们难免想到曾经的罗马王子阿戈斯蒂诺。

《同名的人》把歌星和球星安排为一对兄弟，因为歌星和球星的角色和轨迹太相似了，他们都容易成为青春神话的轿子或祭品。摇滚乐手更容易和毒品结为莫逆，也更具有“死于青春”的毁灭欲乃至殉道般的激情。法国作家塞利纳《茫茫黑夜漫游》中的一段话可以概括从布莱恩·琼斯到吉姆·莫里森再到科特·科本的摇滚史，那个青春与死神交媾的神话：

“自身的音乐所剩无几，难以让生活翩翩起舞。情况就是这样。整个青春都已死在天涯海角，死在鸦雀无声的真理之中。真理是快要死去但又死不掉。这个世界上的真理就是死亡。必须作出选择，要么死亡，要么撒谎。可我却一直没能把自己杀死。”

足球运动员或许没那么有文化，更没那么形而上。在六七十年代西方青年亚文化革命的时代，放浪形骸的生活方式和视死如归的酒神精神席卷一切。号称第五个披头士的乔治·贝斯特虽然职业巅峰时期二十六岁就提前结束了，但这个超级酒鬼最终活到五十七岁，已堪称人瑞。

一个歌手过了三十几岁还可以一直唱下去，像卡利法诺就是越老唱得越有味道，但球员吃的完全是青春饭，最后带着一身伤病离开，最难受的是退役后的孤独和寂寞。

十几年前有一次和申思聊起过张惠康的悲剧，又说到有一天深夜，我在上海某一家避风塘遇见一位昔日上海滩球霸在大撒酒疯狂砸酒杯酒瓶，申思一猜就知道是唐全顺。但在为昔日枭雄唏嘘的时候，哪料得到知书达礼的申思后来会坐牢。还记得十强赛去西亚在巴林转机的时候，别的球员都在打牌，只有申思远远坐在一个角落，在一个本子上默默写自己的回忆录，他把本子递给我看，我说你的表达能力比绝大多数足球记者好，退役后应该向莱因克尔看齐，做个牛逼解说员。

然而青春也是有所谓晚节的。

记得曾经送过一套 Joy Division 的唱片给申思。我依旧希望他出狱后，向莱因克尔看齐。

阿戈斯蒂诺式的悲剧如今越来越罕见。巨额的职业合同能保证球员的职业生涯按部就班地进行，像巴洛特利这样的活宝顶多只是性情乖张，远不至于自毁，更不至于抑郁，要崩溃也是让别人去崩溃，把嗨皮留给自己。阿德里亚诺是个悲剧，但是罗马里奥和里瓦尔多都踢到了四十出头，李夏普是早夭了，但是吉格斯成了绝代老妖。

除了老一套的青春神话，当代大众文化工业也在不断炮制"不老传奇"，这也体现了资本主义文化体制强大的消化能力。

但是，请偶尔铭记阿戈斯蒂诺轰向脑门的枪声。

但是，当贾格尔再度奔赴世界杯赛场为英格兰助威——就像 1998 年在法兰西球场为欧文呐喊和祈祷——欧文早已经黯然退隐了。

（2014）

小丑的革命

马拉多纳文着格瓦拉头像叼着格瓦拉雪茄的造型早已深入人心，美中不足的是没有像格瓦拉那样挎一支手枪。

2007 年，我去过墨西哥阿兹特克体育场，唯一举办过两次世界杯决赛的球场，1970 年贝利和 1986 年马拉多纳封圣的地方。2005 年，库斯图里卡拍《马拉多纳：球迷日记》时也来过这里，寻访 1986 年迭戈革命遗迹，以及世青赛上的梅西。

我看的是蓝十字对美洲狮的一场恶战，去阿兹特克体育场的路上已经目睹了双方球迷的小规模冲突，到了球场，众多军人荷枪实弹在场外把守，冲锋枪的枪口不是朝上或朝下，而是直接对着球迷！不管是在亚洲还是欧洲，我都没见过这样如临大敌的架势。这就是拉美，足球不只是战争的虚拟，而是干脆接近于战争戒备状态。

枪和足球，在拉丁美洲往往是一对并立的符号。在去阿兹特克体育场之前，我去了三文化广场，那天刚好是大屠杀三十九周年纪念日，游行队伍甚至举着马恩列斯的巨像。1968 年 10 月，距离墨西哥奥运会开幕只有十天，墨西哥军警在三文化广场枪杀了数十位示威者。1970 年，墨西哥政府又用枪炮和坦克维护了世界杯的和平，也成就了贝利和巴西队三夺金杯的伟业，巴西和墨西哥独裁政府双赢。阿根廷军政府的维稳经验丝毫不让墨西哥政府，1978 年，阿根廷在自己家里第一次夺取世界杯，独裁军政府以此洗刷白色恐怖肮脏的血。马拉多纳至今不原谅梅诺蒂嫌他太小没有带上他。到了 1986 年，迭戈终于赢得了自己的世界杯，而阿根廷也借此洗刷马岛战争的耻辱。在拉美，足球带有强烈的国族主义和民粹主义色彩，向来是独裁政府捞取政治资本转移政治危机的一大法宝。

最近有本叫《高迪密码》的小说，把巴塞罗那建筑大师高迪之死写成一部悬念丛生的侦探小说。这种手法并不新鲜，约翰·肯尼迪之死不知已被热爱阴谋论的美国人演绎成多少部小说了。巴萨称霸欧冠后，我也想如法炮制一部侦探小说叫《梅西密码》。故事是这样的：如日中天的梅西率队剑指大力神杯，而一旦夺冠，马拉多纳将趁势竞选总统，一旦当选，拉美政坛将急剧左倾，阿根廷便与古巴委内瑞拉玻利维亚结为同盟。于是中情局策划了一个惊天大阴谋：买通阿根廷对手踢断梅西的腿，或者在阿根廷更衣室给饮料下药——总之，梅西命牵马拉多纳，左右拉美政局！

小说越离谱越好玩，但不料竟有人真的混淆了小说与现实，混淆了足球与政治。《南方都市报》评论版发表了著名国际政治评论家沈旭晖的文章《梅西现象的政治解读》，真的是这么煞有介事地分析：“假如阿根廷夺得2010年世界杯冠军，身为国家队主教练的马拉多纳，就肯定获得君临天下的威望，其时从政，则顺理成章。要是他成了总统，坚持目前的意识形态，再与委内瑞拉、玻利维亚结成拉美反美同盟，以阿根廷在拉美的影响力，将为美国带来大麻烦。对奥巴马而言，阿根廷2010世界杯的表现是一个严肃课题，假如有球员在巴萨把队中灵魂‘新马拉多纳’梅西踢伤，就太符合美国国家利益了。”

看来奥巴马应该把对科比的关注转向陌生的梅西，在白宫记者会上如果把关于梅西的这个“严肃课题”甩给奥巴马肯定颇有轰动效应。把这个任务交给芮成钢如何？

沈旭晖称2005年中美洲峰会拉美左翼反美的三大领袖是查韦斯、莫拉莱斯和马拉多纳，并称这三人是卡斯特罗晚年三大门徒。马拉多纳居然已被当成一个政治领袖，而事实上他只是受查韦斯邀请前去为峰会助阵，这就像他受莫拉莱斯之邀为反对国际足联的高原禁令而去玻利维亚声援一样，迭戈同学起到的只是一个形象代言人的作用（他还充当过戛纳电影节、巴塞罗那 Sonar 音乐节的形象代言人）。马拉多纳仅仅是作为一个拉美最深入人心的大众明星出现，与实际政治事务无涉，仅仅是一个象征符号。

卡斯特罗也只是将这个格瓦拉的老乡当成一个形象大使而已。沈旭晖称“喜爱足球的卡斯特罗深知古巴队难以得到世界一流地位，唯有追捧阿根廷”，但请注意卡斯特罗喜爱的是棒球而不是足球，他连点球是怎么回事都不懂还要向马拉多纳请教，而马拉多纳的政治知识并不见得会比卡斯特罗的足球知识丰富。

当年马拉多纳曾为吸毒忏悔，流泪坦承“我只是一头小学四年级的驴”。并不是说非得有什么学历才能当总统，再说一头驴也不是不能竞选总统，1960 年，伟大的美国嬉皮士阿比 · 霍夫曼就曾经牵着一头驴，宣布它将竞选总统。但如此操心马拉多纳的总统生涯和美国的国家利益，未免皇帝不急太监急，也贬低了阿根廷民众的智商。沈旭晖援引阿根廷学者的话称，由于阿根廷总统克里斯蒂娜施政开始出问题，选民厌倦了她和丈夫、前总统基什内尔的家族统治，假如马拉多纳趁机竞选总统很有可能成功。

这种所谓学者的高论未免有哗众取宠之嫌。且不论克里斯蒂娜到底有没有如此严重的危机，先请注意在马拉多纳被钦定统帅阿根廷队时阿根廷媒体所做的民调，高达七成的人反对他出任国家队主教练，这恰恰反映了一种寻求安定而不是剧变的社会心理。马拉多纳执教打了两场胜仗后支持率急升，但在玻利维亚高原一场1比6的惨败又令人对他提心吊胆，在马拉多纳作为教练尚未令人信服的时候就展望其当总统的前景，这是一个过于奢侈的玩笑。

经历过军人独裁，经历过民主转型和自由市场洗礼，又在新世纪初经历过经济崩溃和社会动乱的阿根廷今后到底有没有可能向左转，虽然我认为不可能，但这个严肃话题值得讨论。不过阿根廷人再怎么求变，也很难去乞灵一个足球明星——这和请一个巫师有多大区别？足球明星竞选总统并非没有先例，贝利也曾有心竞选总统，问题是他当体育部长都当得一塌糊涂；2005年，前AC米兰的世界足球先生维阿也竞选过利比里亚总统，虽然利比里亚文盲比率很高，多数选民最终还是没有选择贫民偶像维阿，而选择了更职业的政客、前财政部长瑟里夫。克里斯玛效应的减弱，正反映了一个社会的进步。

与维阿的参政和Bono的“干政”（干预政治）相比，马拉多纳顶多是在“议政”，并且他议政的水准不见得就比普通球迷高（某些国际政治评论家的议政水准也不见得比普通球迷高），他和很多一流或者末流的歌手、乐队现在干着同一件理直气壮而又时髦酷炫的事，那就是骂布什。2005年布什来阿根廷参加美洲国家峰会之前，马拉多纳曾经威胁要带头上街游行，反对布什踏上阿根廷土地。假如多有那么一点政治头脑，以他无敌的影响力，他本可以为阿根廷、为古巴做得更多，比如向布什和卡斯特罗发出邀请，把这对璧人请到其主持的电视节目《10号之夜》——不管人家接受不接受邀请，这都是一个有意义而又有趣的姿态，否则，除非有种把布什从飞机上打下来，所谓“反对布什踏上阿根廷土地”，这种政治诉求只能跟邻居大妈有一拼。

马拉多纳经常以反体制斗士面目示人，然而去古巴做卡斯特罗节目时，当迭戈再次对卡斯特罗给他提供一座庄园而感激涕零，我不得不说，迭戈和他的神之间除了革命友谊还有革命交易，他充当了卡斯特罗的拳击手套，专门用来挥向美国——而菲德尔确实也赠给他一对拳击手套作为生日礼物。当我们亲爱的迭戈挥舞拳套杀向街头的时候，到底是像格瓦拉，还是更像一位嘻哈顽童？他是应该站在一辆烈火战车上还是一个滑板上？作为一位阿根廷的古巴庄园主，他只是偶尔把年轻时吐向裁判的浓痰吐向美国总统，而已。

在魔幻现实主义的拉丁美洲，马拉多纳早已超越了足球，变成一个革命时尚图腾符号，一个风华绝代的混世魔王，一个一笑倾国的玩世小丑，有时大智若愚，有时大愚弱智。阿根廷足协选择马拉多纳，是以对 1986 的怀旧来豪赌 2010，是企图以毒攻毒负负得正乱中求胜。巴西足球似乎从未纠缠于贝利情结，而阿根廷足球始终被马拉多纳神话所笼罩，马拉多纳对他们来说意味着一个足球乌托邦，但你可以让梦想照进现实，却不能用梦想代替现实，那是乌托邦和现实的双重末日。从上帝之手到上帝之脚，先是窃取，然后征服，先是堕落，然后救赎……神魔合一的迭戈不仅是足球艺术的情人，也是森严世界的法外之徒。但是，苦难的人们既渴望打破秩序，又渴望恢复秩序，屡遭经济崩溃重创的阿根廷人难以想象一个造反者如何坐天下。他最好永远充当阿根廷队的头号球迷和头号评论家，而不是主帅。

库斯图里卡本来要把那部马拉多纳纪录片送去最宠爱他的戛纳电影节，不过最后错过了，这一届戛纳来的是《齐达内：21 世纪的肖像》，但那更像一部影像作品，而不是电影。

库斯图里卡的这部电影应该叫《马拉多纳：20 世纪的肖像》，我是想说，马拉多纳不仅代表了 20 世纪的足球，还代表了 20 世纪的人类形象：在苦难的泥泞大地上，在革命和上帝之间挣扎、抗争、游戏、狂欢的穷人。

库斯图里卡给这部片子加了一个谦卑的副题——“球迷日记”，但这位萨拉热窝大导演其实也在借足球说政治，与其说是“球迷日记”,还不如说是“左派日记”或“反美抗英日记”。马拉多纳 1986 年对英格兰那个世纪金球被配上动画，在性手枪乐队的无政府主义战歌中，撒切尔夫人、小布什、布莱尔纷纷人头落地。作为一个伟大导演，库斯图里卡在最新的故事长片《给我承诺》中不幸把自己拉低到赵本山小沈阳的水准，而在《马拉多纳：球迷日记》中他又给足球加进了一些辛辣的政治酱料，把马拉多纳当做一个指哪打哪的左派卡通符号。不管对足球做怎样的政治解读，不管反美抗英也好、反全球化也好，自有其巨大的政治迫切性和道德感召力，然而库斯图里卡并没有拒绝好莱坞，马拉多纳也并不拒绝品牌资本主义的广告邀约。应当警惕的，始终是那种狭隘的第三世界民族主义加民粹主义。

但在这部电影中，当 Manu Chao 在马拉多纳家门口高歌，当马拉多纳在酒吧里高歌，那歌声还是令我血脉贲张热泪盈眶。这是一个伟大的小丑。

切·格瓦拉的大儿子卡梅罗·格瓦拉在接受张翠容采访时曾指出：21世纪不应该再是一个革命的世纪。而在马拉多纳身上，革命更多的只是作为一种浪漫的修辞，和文身、雪茄、足球一起进入资本主义的符号生产与流通。罗马尼亚作家马内阿在《论小丑》中将小丑分为花脸小丑与白脸小丑，或傻瓜小丑与权力小丑——他们之间的对抗游戏，构成了艺术家与暴君之间的关系。但花脸小丑和白脸小丑并不是截然对立的："白脸小丑代表的只是荒谬的权威，花脸小丑只代表对抗、嘲笑和痛苦吗？……独裁者和被压迫者是不是真的在各个方面水火不容，或者他们之间其实存在着一种无意识的相互促进？劳动营和极权统治是否只在一个社会被扭曲、被窒息之后才会出现？独裁者仅仅是人民的敌人吗，或者也是他们创造的产物？"

迭戈这个才情盖世的花脸小丑，既对抗和嘲笑白脸小丑，又难免被白脸小丑所利用，但他永远变成不了白脸小丑。他只是在命运的钢丝上跳着永恒的探戈，把世界变成他的马戏团——而这值得我们为他拍烂手掌，含泪大笑。

（2009）

大地，青草，梅西

可以在微信和陌陌的时代，用毛笔写一封革命情书么？尽管心里头有个小人又会质问：能不那么酸么？

上一次写毛笔字，似乎远在80年代了。80年代不是什么古典时代，80年代干脆就是古代——尤其对于足球来说。

恒大对墨尔本胜利队4比2反败为胜，难免令人回想1981年苏永舜国家队对沙特那场史诗性逆转，也是从0比2到4比2。将两个时代稍作对照（尤其在排除了迪亚曼蒂和埃尔克森之后），中国足球跟三十三年前相比简直了无生趣，于是国家队只能靠泰国佬勉强挤进亚洲杯。

恒大固然威震亚洲，但瞧瞧当年的容志行古广明陈熙荣就明白，南派足球传统如今几乎荡然无存，从燕子岗到越秀山，广东街头足球神人早已后继无人。南粤足球在“天体”时代登峰造极，但城市的地产扩张也令街头足球越来越失去存在的土壤，从俱乐部到球员，从球迷到媒体，都变得越来越训练有素，野性和诗意也随之一点点丧失。

当年《羊城晚报》苏少泉、《足球报》严俊君时代的足球文字充满了野性和诗意。然而，衔枚疾进，后来沦为“带球突破”，穿花蝴蝶，沦为“连续过人”，梅花间竹，沦为“二过二、二过一传切配合”。那时候天总是很蓝，日子总是过得太慢，球当然也踢得太慢，宋世雄的声音无知而高亢，却有一种天真的魅力，而如今，解说员只能一次次催命——“留给中国队的时间已经不多了”。

我不知道倒挂金钩香蕉球这样的词儿是不是宋世雄的发明，1982 年世界杯，当济科罚进那个任意球香蕉球，好像是宋世雄来了一句：球，就像长了眼睛一样自己拐进了球门！搁到现在，宋世雄只能成为懂球帝的笑料，但这句“球，就像长了眼睛一样自己拐进了球门！”堪称灵魂出窍。那真是一个充满泥土气息的时代。

有一天我和诗人凌越在木刻版画家刘庆元的工作室聊足球。刘庆元在一旁用刀干活，而另一边是他儿子刘一起在玩 iPad。

我有本书《死城漫游指南》（请原谅广告植入）在亚马逊上的推荐购买组合是跟盐野米松的《留住手艺》一起。这是风马牛不相及的两本书，但似乎可以提醒我：写作首先是门手艺活。我是直到2008年才学会电脑打字的，我习惯了在《南方日报》生产的一种每页二百二十五格的廉价稿纸上用圆珠笔飞龙走蛇，当这种稿纸再也不生产，我就只好灰溜溜去学打字。从前不用电脑敲字的时候，我好像更像个手艺人。刘庆元用刀子指了指儿子：刘一起，你今天的iPad时间到此结束，快写字儿去。

凌越觉得梅西的可怕在于他仍在不断提高，比如任意球。

任意球的技巧含量一向不被高估，因为它是可以被训练出来的——典型如贝克汉姆。但是梅西和贝克汉姆的训练方式截然不同，巴塞罗那媒体揭秘：梅西的任意球功夫最初是从两位巴西老大哥那儿学来的——小罗和德科，而且是完全用巴西街头足球的方式，用赤脚射任意球！这样更能增加对皮球的敏感，把握微妙的力道。

迥异于马拉多纳和罗纳尔迪尼奥，梅西十三岁就去巴萨，提前进入欧洲足球大熔炉。尽管梅西一向不喜欢耍太多花哨动作，但从小球的细节处理上，依然能闻到其童年的街头气息，赤脚练任意球这个轶事，更令梅西脚下散发出某种和马拉多纳、罗纳尔迪尼奥一脉相承的青葱气息。

老一代球王大多是街头霸王，马拉多纳最早玩的是母亲用破布缝制的小足球，在贫民窟狭窄的空间练就马戏团小丑般的杂耍；齐达内对弹地而起的球落点的精准预判，源于马赛贫民区凹凸不平的街头；而巴西的海滩更培养出无数赤脚足球大仙，小罗甚至喜欢颠橙子玩。对应于手艺人，这样的街头霸王堪称“脚艺人”。

我的巴西朋友伊利克在中国留学时迷上了苗族，他觉得苗族人有点像巴西人——狂欢气质，热爱仪式化的奇技淫巧，可惜苗族的居住地理环境没有足球的空间。而伊利克成长于圣保罗的海滩，他的弟弟是一名终日埋伏在圣保罗海滩的职业球探，一旦发现厉害的小孩，就千方百计找其父母签约。但几年过去他旗下一直没有卖出过一个天才少儿，这一海滩乌托邦遭到了伊利克的嘲笑，其弟也愤然和他绝交。我不知道兄弟俩和好没有，也不知道其乌托邦生意后来如何，但伊利克告诉我，在巴西可能有上万个像他弟弟那样的街头足球球探，成天做着发财梦。

在欧洲，城市规划越来越森严，越来越中产阶级社区化，也就越来越缺乏街头足球的空间，相比之下贫瘠的拉美和非洲反而是街头足球的沃土。在欧洲城市，往往也是在拉美和非洲移民聚集的社区，才有更多街头足球的地盘。这就是所谓文明的互补，欧洲资本主义足球体制在南美和非洲向天才少儿们撒下了天罗地网。

没有欧洲高精尖的足球工业机制，也不会有梅西的今日。如果没有当初巴萨青训系统提供的营养、医疗和体能帮助，这样百年一遇的天才或许只能成为室内足球的杂技大师。莱奥·梅西堪称南美足球和欧洲足球结成的最大硕果。

克鲁伊夫每天一包烟，苏格拉底从不进行体能训练……在歌颂古典足球大美的时候，也不得不指出：假如有后来的足球职业化程度，假如从饮食、医疗到训练都进行更规范的管理，那些古典足球大师的足球生命会更长，他们的球队也会踢得更有成效。当今的职业足球已经全面进入“大数据”的时代，一切都可以借助电脑软件和信息处理系统来管理和指挥，温格对于球队大巴在赛前和赛后的空调温度都有严格的规定，而诺坎普对于草皮的生长、裁剪以及水分，也具有精密的调控。

作为电脑游戏，实况足球的发明和进化也伴随着足球职业化和科技化的进步，而梅西自然是实况足球的头号广告代言人，大家都赞美梅西：“看他踢球，就像在实况足球里一样。”然而，要像梅西那样玩得像实况足球一样，却必须拥有一个超越机器时代的灵魂。博斯克最近说：“（相比C罗）我更喜欢梅西，因为在我看来，梅西更像一个街头足球运动员。他是个成长于街头、草原、邻家空地上的球员，不是吗？”

球，就像长了眼睛一样自己拐进了球门！梅西练任意球的赤脚大仙形象，摆脱了现代足球机器，摆脱了实况足球游戏机，而倾向于大地、青草。请允许我再酸一把，赞美古典的神灵：梅花间竹，落满西山。

（2014）

卡通圣婴

欢迎来到21世纪杀人网络！在网络时代，在实况足球时代，足球正在变得越来越卡通化，梅西和C罗应运而生，就像两个卡通顽童，在进行杀人游戏竞技。

半岛电视台播出了一个他俩用手机互发短信相邀决战的宣传片——可惜最终巴萨和皇马都无缘欧冠决赛，他们只能相约在决赛那天比一比实况足球了。无论巴萨和皇马如何剑拔弩张，这对璧人有如水晶玻璃温室里的蔷薇和水仙。他们是广告商眼里的一对好基友，互相激发斗志，也互相抬高价码。

梅西从小在父亲贴身呵护下成长，再怎么留恋罗萨里奥的童年，那也只是淡淡的乡愁，也只是给巴塞罗那海鲜饭撒一点胡椒而已，从十三岁到现在，梅西早就欧化了，C罗从小跟赌鬼酒鬼父亲没感情，而他老爹前几年也去世了；梅西身上犹有一股淡淡的婴儿爽身粉味道，而C罗则一身烟火气，从葡萄牙马德拉岛一个被人遗落在欧洲边缘的小渔村的小烂仔，一跃成为一边放电一边撒娇的酷帅坏榜样；C 罗既是一个进球机器，又是一枚泪弹，而梅西仿佛还生活在一个小渔村，像一个跟随父亲出海的小男孩，只不过回来时身后牵着一头杀人鲸。

足球是他们的玩具，奖杯是他们的奶瓶，一对通体透亮的圣婴，寄托了欧洲资产阶级新人类的终极梦想，他们在电视上观赏梅西和 C 罗，在实况足球游戏机上模仿梅西和 C 罗，宅男们无需再改变世界，只需手握鼠标，进球，刷卡。Action！ Goal！ Game Over！

人们不只将梅西和 C 罗放在一起，还将梅西放上了马拉多纳的神龛。而 1986 年马拉多纳登峰造极的时候，梅西还只是大海里一只孤独游荡的精虫。两个时代的圣婴，被拿来做终极 PK。

这是资本主义的花花世界，强大得越来越让异类无处藏身。无产阶级和资产阶级，共产主义和资本主义，似乎都拥有一个共同的情人：消费主义。梅西和 C 罗互发短信约战，这是半岛电视台最佳形象广告片。假如换成一个以色列士兵和一个巴勒斯坦士兵呢？他们是相约战场见，还是相约来一场实况足球游戏？迟早会有品牌砸出大钱让马拉多纳和梅西一起拍广告的，相约一起去马岛度假？

马拉多纳好像还活在布宜诺斯艾利斯博卡青年的糖果盒——哦不，梅西才活在糖果盒里，而马拉多纳则是糖果盒里放出来的魔鬼，他依旧还是一个游荡在布宜诺斯艾利斯贫民区的幽灵，还在提醒人们，在世界足球（何止是足球）版图上，还有另一片肮脏而魔幻的南美大地。

马拉多纳满不在乎地大喷格瓦拉牌大雪茄，而梅西看起来就像一根电子香烟般环保无害；梅西带领我们直奔欧洲小资安乐窝，而在马拉多纳眼中这世界依旧是一个狗窝，生命不止，狂吠不已；梅西只能在球技上继承甚至超越马拉多纳，但在精神血缘他与马拉多纳毫无可比性，马拉多纳曾替阿根廷在世界杯上象征性地夺回过马岛，而梅西只是一个塔里的男孩。

与其重温梅西的进球集锦，还不如去看看他八岁时的比赛录像：一个衔枚疾进的小男孩，像小狗叼着玩具飞奔。梅西每一次过人都像是一颗糖果，每一次射门都像是一个冰淇淋，当他射进了整整一打球，球场成了一顿盛大的夏日野餐。

假如说马拉多纳是大地与河流杂交的私生子，那么梅西就是一个足球工业的试管婴儿；假如说马拉多纳是一个胡天胡地的混世魔王，那么梅西就是一个腾云驾雾的绝世精灵；

马拉多纳属于天边外，而梅西把天空变成他的玻璃房子；对马拉多纳来说，生活是一场战斗，而对梅西来说，生活是一场游戏；对马拉多纳来说，对手是他要击倒的敌人，而对梅西来说，对手只是他要搭的积木。

马拉多纳是肉感的，是命运危如累卵的加法，而梅西是骨感的，是命运玲珑剔透的减法；马拉多纳把足球的外延无限扩大，变成一个战场，而梅西把足球不断提炼浓缩，变成我们的卧室里、我们的电视和电脑上，一件可以每周无限复制且精美绝伦的影像艺术作品。

马拉多纳把足球变成了生活，而梅西把生活变成了足球。

（2013）

如何挑衅资产阶级审慎的魅力

没错，就是那个老不死的导演戈达尔，十几年前他接受《队报》采访批评过阿内尔卡，以他为例批评球星的“人格解体”。

戈达尔无法接受阿内尔卡孤僻的性格，这位左派大师抨击球星们背叛俱乐部，他说：“他们就如同影星，想缩回自己的壳里，假如我是巴黎圣日耳曼的老板，我会在阿内尔卡的合同里注明：必须在家接受采访拍摄，哪怕他在吃午饭在跟女友说话，也通通拍下来播出。等到收视率提高百分之二，随后便不会有人在乎（因为司空见惯），他就可以去过自己的太平日子了。”

戈达尔的足球品位远不止是巴黎圣日耳曼这个档次，他喜欢的是50年代普斯卡什的匈牙利队和70年代克鲁伊夫的阿贾克斯队，这两支球队显然更符合他的情怀和立场。而他对足球运动员的观察则符合他对发达资本主义社会的一贯看法：人成了一个展品，明星的价值是由他的消费品属性决定的，一个足球明星不只是一个足球运动员，他还必须出演真人秀。

戈达尔的话预言了阿内尔卡后来的悲剧：不断地转会，不断地出走，不断地钻进一个又一个壳里。当他一钻出自己的壳，不幸就酿成世界杯历史上罕见的内讧事件，当他一钻出自己的壳，就被一个更喜欢当明星的魔兽老板一把又塞回壳里去。——你都知道我说谁啦。

巴洛特利经常让人联想到阿内尔卡，媒体甚至担心他的下场比阿内尔卡更糟糕——尽管其足球智商明显要高于阿内尔卡，但情商一样低。

如今阿内尔卡依旧神经，而巴洛特利简直成了神 。

或许人们低估了他强大的内心：远不仅仅是自信和骄傲，还有幽默感和戏剧表演天分。穆里尼奥曾说巴洛特利“只有一个脑细胞”，但现在看来，只要巴洛特利脑筋稍一转弯，他可以浑身都是脑细胞。

怕的不是人格解体人格分裂，而是不能正视不善处置自己的人格解体人格分裂。哈特曾说：“世界上有两个巴洛特利，一个能帮助球队获胜，一个能在任何时间吃到红牌下场。”当记者问巴洛特利，对英格兰会是哪一个巴洛特利出现，他笑答："你们真厉害，能看到两个巴洛特利，我自己都做不到！哈特应该为认识两个巴洛特利感到庆幸！"

我们也应该为认识两个巴洛特利感到庆幸，一个是神，一个是魔。还有：一个是球员，一个是演员。

戈达尔谈到阿内尔卡时仅仅区分了球星在球场和家中的不同角色，而巴洛特利在球场上便一举解决了这两种角色——天才球员和天才真人秀演员。巴洛特利在进球后脱衣庆祝吃到黄牌，这让曼奇尼失望，也让他的养母失望，"好多人问他为什么进球之后不庆祝，于是他就想搞出点不一样的来。他告诉过我，他不是傲慢，只是希望能有点像歌星。"球员和歌星双重角色的冲突正是他的魅力所在：让人为他是否会再拿一张黄牌而提心吊胆，让比赛充满悬念和刺激、危险与惊悚。这就像是中产阶级们一边躺在沙发上喝着啤酒一边收看电视上的生存冒险，节目里的铁人什么都敢吃，就差喝自己的尿了。人们需要一个非洲丛林猎头族，来狠狠砍一下他们那中产阶级一根筋。

这就是为什么穆里尼奥和巴洛特利不来电——养母说上一次看到巴洛特利哭就是因为穆里尼奥。穆里尼奥是典型的欧洲个人主义者，而巴洛特利身上犹有未经同化和规训的那种原始野性。

你尽可以争论到底皮尔洛还是伊涅斯塔才应该是本届MVP，但毫无疑问，巴洛特利才是本届欧洲杯超越足球的超级MVP。颁奖礼上，当巴洛特利抹去眼泪走到普拉蒂尼面前，我们再次看到鸿沟：没有微笑，更没有拥抱或者拍肩之类亲密动作，不，是完全没有表情！普主席作为一个老练的政客，一个欧洲文明秩序训练有素的捍卫者，实在不知道如何面对一个不按牌理出牌的非洲神人。

普拉蒂尼的表情，用布努埃尔那部经典电影的名字来说就是：资产阶级审慎的魅力。

巴洛特利让我想到另一个曾令穆里尼奥头疼万分的巨星——阿德里亚诺。意大利电影配乐大师莫里康内去年出版了一部精彩的访谈录，台湾翻译出版了。莫里康内是罗马铁粉，在被问及如何看待当时罗马队引进了被国际米兰放弃的巴西前锋阿德里亚诺时，他指出："他很强大，但重要的是有没有人能驯服他。"众所周知，最终答案是：没有人。一个超级中锋就这样再度从欧洲足坛消失。

作为欧洲资本足球最杰出的代表，穆里尼奥没能驯服阿德里亚诺，也没能驯服巴洛特利。但阿德里亚诺的病是心病，是一股自绝于人群和世界的冲动，而巴洛特里是招摇的，他的分裂可以以各种怪癖在球场内外宣泄出来。巴洛特利或许无法驯服，但多少还是可以预判的。穆里尼奥指出：浪费单刀之后，巴洛特利肯定要寻机宣泄，让他再在场上待五分钟或许就会得红牌。

巴洛特利堪称当今足坛的头号娱乐大腕。他宣称自己跟贝克汉姆是好友，但贝克汉姆的时尚多少要仰仗老婆和顾问团，而巴洛特利的衣着品位（有时候应当说是“身体品位”，因为他喜欢赤裸上身）浑然天成。巴洛特利以其最炫山寨混搭风，对抗着贝克汉姆的全球化品牌帝国。

这样一个三岁就被母亲抛弃的非洲神童，这样一头加纳丛林猎豹，足以满足西方人“走进非洲”的异域情调。如同上世纪70年代非洲音乐巫师非拉·酷蒂（Fela Kuti）在美国制造的奇观，据说他曾经连续演出十几个小时，穿插着喷火闪耀着电臀。节奏狂欢，性，丛林与火，正是西方人非洲想象的必要元素，尤其是火。巴洛特利在家玩火惹来火警的新闻，后来证明纯属媒体添油加醋，但人们巴不得巴洛特利玩火，最好把自己的房子烧了。因为沉闷刻板的中产阶级需要这样的人来给自己放血。英国学者安德鲁·罗斯有一部书《庆典城编年：迪斯尼新城中的生活、自由与对地产价值的追求》，研究一个佛罗里达的新兴小城社区，书中曾提到某些形式的

"公民失序"对于社区的重要性，他引用了一位居民的话："我们需要的是，在城镇四周出现些酒鬼。"

在伊基塔——那个在球场上玩杂耍，在球场外玩黑社会的哥伦比亚门神——之后，我们已经太久没见到敢于玩火——何况是在家中玩火——的妙人了。世界足球越来越欧化，越来越全球大一统，这样的绝世奇葩，似乎只剩一个巴洛特利。

你不知道他将上演的究竟是喜剧还是悲剧，他自己当然更不知道。他既是巴神，又是巴魔，他让人们重新带着对毁灭的恐惧和期待进入球场，一举恢复了竞技场献祭的功能，于是他充当了我们的替罪羊，并经常逃脱祭坛——当他进球的时候。而他在进球后面无表情，也颠覆了庆典的固有仪式，仿佛对我们说：闭嘴，去死吧，你们才是该被宰杀的替罪羊。他借着单刀的机会思考了一下人生，也让我们跟着他重新思考了一下人生，尤其当你在欧洲杯一夜疯狂之后，带着猩红的眼睛和紫黑的眼袋，衣冠楚楚地出现在办公室，去给老板泡一杯红茶的时候——那一刻，请问您是否有下毒的冲动？

摇滚杂志《滚石》有一年曾经将贝鲁斯科尼选为年度人物，巴洛特利也完全有当选的潜质。巴神，乃是时代必需品。

（2012）

辑三

鸟儿问答

梅诺蒂说他不是很看好阿根廷和巴西两队在巴西世界杯的夺冠前景。当然，或许这只是激将法。

南非世界杯前，LV 请贝利马拉多纳齐达内拍过一个广告：这仨在一起玩桌子足球。但这张照片其实是合成的，马拉多纳宣称：“我答应和贝利一起上广告，可没答应跟他一起玩桌子足球！”世界杯又来了，还会有广告商愿意撮合二位球王吗？

但贝利和马拉多纳就应该世世代代对骂下去，他俩的矛盾，乃是世界足球发展的永恒动力，也是巴西与阿根廷的千秋世仇当仁不让的代表。

贝爷站得像一尊伟光正的雕像直插云霄，而马拉多纳则掀开井盖逃遁于光天化日，像一个黑暗王国的孤魂野鬼，他和撒旦狂欢、与死神同床。南非世界杯的时候，贝利骂迭戈：他当阿根廷主帅是为了钱。迭戈则回骂：贝利是应该待在博物馆的人。虽然随后迭戈又向贝利还有被他连带骂了的普拉蒂尼道歉，但我们知道，打打停停，趋势永远是打。

马拉多纳前些年落魄的时候，他的前妻和朋友真的一度张罗过所谓“马拉多纳博物馆”，可怜的迭戈似乎要靠博物馆的门票来养老，马拉多纳俨然成了马拉多纳博物馆馆长。而他当时那副惨相看上去更像是一个觊觎博物馆藏品的小偷，好像随时会偷两件 1986 年的球衣溜出后门卖掉。而贝利，自从从政失败之后，其实一直苦心经营的就是无形的“贝利博物馆”，他不单是馆长，似乎还亲自兼任保安，二十四小时巡逻，端着冲锋枪守在门口，随时提防马拉多纳这样的小偷溜进来偷走他的王冠。

马拉多纳曾在自传中特意放了一张他和贝利深情相拥的照片，然后在旁边评注：“我们在一起本应能做很多事情，但是我们太不一样了，原因是他对我的出现深感意外，以为我会夺去他的某些东西，尽管我从未这么想过。谁是世界第一，谁是最伟大的球员，让人们去评判，让每一个人去感受吧。”这话迭戈说得够诚恳。

但如今，当贝利和马拉多纳再次对骂，我们只会发出会心的笑，这种骂仗是他们永葆青春的方式，我们期待迭戈能通过新一届世界杯骂出新意——通过骂人来制造笑声，这才是小丑的本事，小丑的使命。

不羁的笑，原本更应该属于南美人。我当年曾写过一篇《你见过卡恩笑吗》，我说假如卡恩懂得笑，别老那么一脸苦大仇深，或许决赛中就不会脱手让罗纳尔多白捡便宜。然而到了 2006 和 2010 这两届世界杯，你会发现巴西人和阿根廷人居然也越来越不懂得笑，越来越笑不出来了。他们企图像欧洲人一样踢出嗜血如命的血性足球，不料却把自己的伤口弄得越来越深。在欧洲人面前过度的自尊自傲，使他们更纠结于功利输赢。巴西人和阿根廷人总是把自己和沉重的大力神杯绑在一起，他们不像从前那么放松潇洒了。世界杯越来越成为“美洲悲”，美洲之悲不仅仅悲在输球，更悲在连悲壮的气概都提不起来，当年的青春做伴漫卷诗书，已日渐沦为为全球化背书——准确地说是为欧洲人背书。

1986 年的马拉多纳遥如远古的祭司，即便是那场被与马岛战争相提并论的恶战，迭戈也不忘与英格兰门将希尔顿相拥而笑，而那尊欢喜佛后来变成怒目金刚。1994 年贝贝托进球后摇动的那个摇篮仿佛悬挂在远古的丛林孤独地晃荡，对巴西足球来说，罗纳尔多灿烂的兔牙和罗纳尔迪尼奥明媚的烂牙俱往矣，假如邓加懂得笑，或许塞萨尔不会出现那样的致命错误，梅洛也不会自杀性犯规。

面对欧洲人，巴西人和阿根廷人想的应该是如何百炼钢化为绕指柔，如何“茄子，茄子”，如何像大鸟一样飞翔。他们应该一起捍卫自己的大陆——是殖民者将足球带给他们，而他们又将足球玩成一种灵魂出窍的身体艺术——更重要的，还是捍卫足球艺术本身。

没错，巴西人和阿根廷人绝不甘心看到自己的邻居捧杯，但 2002 年斯科拉里夺冠，他承认自己是从贝尔萨那儿偷师，重掌巴西队帅印之后，他也夸赞过萨维利亚；特维斯和孔卡都曾在巴甲征服挑剔刁蛮的巴西球迷；巴西人和阿根廷之间，既有贝利和马拉多纳这样的冤家，也有小罗和梅西这样的好基友，而如今梅西又把当年小罗对他的提携之恩，回报给了内马尔。

马拉多纳从不吝惜对里瓦尔多和小罗的赞美，而罗纳尔多则宣称梅西是史上最佳球员。2005 年巴西队在联合会杯 4 比 1 横扫阿根廷夺冠，马拉多纳心服口服地赞美巴西队：“他们上场前就决定要先进对方三个球。”

梅诺蒂同样赞美了 2005 年联合杯上的巴西队，当他们 5 比 0 狂胜智利队。我最喜欢的足球评论来自克鲁伊夫和梅诺蒂二位大师，克鲁伊夫胜在锐利，而梅诺蒂胜在诗意，克鲁伊夫很可能是口述撰文，而梅诺蒂无疑是一个成熟的写作者，拥有一个作家的灵魂。请允许我像一个小学生抄课文一样抄下这样的文字：

“灵感的天使”是那些盘桓在体育场上空的鸟儿，寻找着足球的真谛，那么它们会对场上的争斗和恶感而震惊，它们会不顾一切地远走高飞，远离这项令人伤心失望的运动，因为在现今的足球场上，天赋越来越成为无足轻重的东西，身体的撞击和争斗成为了主旋律，如果想从中找到足球真正的美感，简直成了一种奢侈的幻想。

然而，尽管最近这令人不快的一切，我还是想，虽然这些鸟儿高飞上天，但它们却永远不会舍我们而去，我感觉它们总是在期待着什么人的出现，那些能够征服它们、令它们重新欣赏足球这项运动的人。

在南美赛区，看上去一切都是那样混乱，所有找回美感的希望在无休止的犯规和恶意冲突前似乎都是徒劳的，但是，却有一个例外：巴西队。读到他们的首发名单，那些灵感的鸟儿会说，这些球员拥有勇气和技巧，他们正在邀请所有人来观赏一些特别的东西。于是，鸟儿们盘旋在体育场的上空，注视着巴西同智利的比赛，它们所看到的，是一些真正能够让它们留在足球身边的东西。

那些鸟儿们看到了什么？

球从一只脚到另一只脚，从一个人的头顶到另一个人的头顶，然后，它又奔向了球迷的心灵深处。比赛后人群不想离开体育场，他们还想继续他们的狂欢，这是足球的节日。

Bird 这个至高无上的绰号在爵士乐中属于查理·帕克（Charlie Parker），在篮球里属于拉里·伯德（Larry Joe Bird），在足球中则属于加林查。

贝利曾在自传中，像兰波那样，把自己说成上帝和人之间的通灵者，而当马拉多纳腾空而起，他似乎和上帝订下了神契，交换彼此的手和脚。

正是这样的鸟人，减轻了大地的负担。

（2014）

从左派政治到左派足球

——爱德华多·加莱亚诺《足球往事》中译本序

1950年爱德华多·加莱亚诺十岁，亲睹乌拉圭勇夺世界杯；1982年我十二岁，从十二寸电视上领略了桑塔纳那支伟大的巴西队，他们失败了，我却从此成为巴迷，明明是信号很差的黑白电视，但奇怪的是脑海中的巴西队是鲜艳绚丽的。人生能有几回世界杯？我以这篇小文向七十岁的加莱亚诺致意，他是父辈，但我从他的书中分明感到某种铁血球迷的兄弟情义。

桑塔纳和克鲁伊夫奠定了我的趣味和价值观：不管好胜争强欲火多盛，你总得有超越输赢的情怀，甚至丑陋的胜利，有时还不如漂亮的失败。桑塔纳和克鲁伊夫都没拿过世界冠军，假如这算失败，那也是最漂亮的失败。假如做不了beautiful winner，那也要做beautiful loser。

如同老加莱亚诺所谴责的，欲火中烧肝火太盛的乌拉圭足球曾一度演变为暴力足球，但恩佐·弗朗西斯科利是永恒的，我和齐达内一样是他的忠实粉丝，我喜欢恩佐·弗朗西斯科利与其名字音节以及容貌身姿如出一辙的漂亮优雅的球风。

当然还有“中国男孩”雷科巴。2002年世界杯前在沈阳，我曾带着范志毅去乌拉圭队下榻的宾馆找他。1997年雷科巴曾随民族队来上海与申花比赛，他在场上与范干上了，但不打不相识，范志毅赛后带乌拉圭球员逛夜上海，没想到雷科巴们把裤兜翻了个底儿掉，也愣是凑不够洗桑拿的钱，只好颓然回宾馆自个儿洗洗睡！而甲A时代的申花也掏不起钱买报价据说最初仅一百万欧元的雷科巴。几个月后雷科巴以四百万欧元转会国际米兰，随后蹿红，一度拿着莫拉蒂给的七百万欧元的世界第一年薪。尽管境遇已是天渊之别，但充当范雷二人翻译的巴西人伊利克认为，在范志毅面前，雷科巴仍然像一个乡下孩子一样。当然这一次，雷科巴终于在中国洗成了桑拿。

尽管雷科巴如今早已淡出江湖，但对于老加莱亚诺的书来说他还太年轻而未被提及，我特意补充这则经典佚事，一个拉美穷孩子的欧洲足球梦。

然而雷科巴从未达到与其年薪相配的高度，这个球路诡异魔幻的乌拉圭乡下少年始终没有真正适应欧洲的富豪巨星生活，他还算善始善终了，阿德里亚诺以及罗比尼奥如今仍在老家和欧洲之间孤独彷徨。这些在全球化足球淘金版图中漂泊的孤傲南美精灵，难免在强势的欧洲文明体系中，在同化与拒斥之间左右为难。天花乱坠的拉美自由种子，未必能在欧洲森严的钢筋水泥地上生根发芽。

这就是本书的吊诡深沉之处，一部快乐足球漂亮足球的史诗，却有一种挥之不去的忧患意识，漫卷诗书喜欲狂，拔剑四顾心茫然。这是《拉丁美洲：被切开的血管》的作者借足球讨伐全球化的又一檄文，查韦斯将《拉丁美洲：被切开的血管》送给了奥巴马，那么马拉多纳会把《足球往事》送给布拉特吗？

2006 和 2010 的球事恐怕也难以让老加莱亚诺乐观释怀：2006 年，号称堪与 1970 年那支巴西队相匹的史上最豪华巴西队被视为唯一夺冠热门，却和 1982 那支巴西队一样被挡在四强之外，不同的是，这一次是丑陋的失败。而这一届最经典的镜头，是齐达内与马特拉齐的冲突。我撰此文时本届尚未开战，但不管最终结局如何，有一趋势是比较明显的，那就是巴西阿根廷两霸的阵容打法越来越欧化越来越实用功利，而西班牙反而更南美！

拉美魔幻精魂在争相欧化的潮流中日渐式微。拉美以及非洲大地应该提供的永远是飞得最高的原始想象力，但这魔幻有时容易沦为迷信，比如加莱亚诺解密称：当年那支号称“未来主义足球”的哥伦比亚队惨败的原因之一，竟是大将林孔因迷信而魂不守舍。这浪漫有时也容易沦为散漫，这是我要解密一把的：2002 年那支令加莱亚诺赞不绝口的塞内加尔队之所以草草回家，恰恰就因为他们实在忍受不了远东的漫长煎熬，思乡病一犯，就只能打道回府。而 2006 年巴西丑陋的溃败，则是因为对大力神缺乏饥饿感，因此后来他们不得不接受邓加矫枉过正的铁腕。虽然与本书的观点相比我可能稍显中庸，但既然对足球来说，纪律和意志始终不可或缺，那么取法欧洲自然也不无正面意义。

本书对成王败寇逻辑的质疑和批判令人激赏，然而似乎也有这样的倾向，或者容易给人造成这样的印象：拉美人比欧洲人更不计输赢。但德国人会为亚军而大肆庆祝，巴西人阿根廷人可不会，对巴西人来说第二名甚至跟最后一名并无本质区别。在世界杯这样的爱国主义梦幻无敌舞台，面对欧洲豪强，拉美人暴涨的爱国主义情绪只会令成王败寇的逻辑变本加厉。但在俱乐部尤其是欧洲俱乐部，球员五湖四海的国族成分却多少有助于消解国族主义戾气，而这也是全球化硬币的另一面，良性的一面，正如加莱亚诺也看到了博斯曼自由转会法案的历史性进步，这位拉美左派祭酒并不是刻板的传统老左。

在本书中足球既是游戏玩具，多少也是武器——加莱亚诺先生的火力一如既往地指向全球资本主义，他雄辩地戳穿其原罪：在天上飞来飞去的这一个新式足球，源于巴基斯坦童工之手。也许资本的原罪可能会诱导你进一步得出“金钱扼杀足球”这一结论，好在加莱亚诺毕竟绝非一个简单粗暴的道德狂，作为球迷的美学态度，让他显得更为感性，他更多地把足球当成悬崖上的落日，而不是一味当成左派理论黑洞洞的枪口。

对爱德华多·加莱亚诺这样的左派大家来说，最大的、真正的理论以及现实难题无非有二：如何面对全球资本主义的全能金钱机器，如何面对左派政府乃至左派独裁者的全能政治机器。

魔高一尺，道高一丈，但假如魔亦学道得道，以其人之道还治其人之身呢？耐克不也跟阁下一样高举漂亮足球美丽足球大旗吗，那些跨国公司超级品牌和国际足球管理机构如今简直要和您相拥而泣了，他们说的左派足球语言几乎跟您老人家一模一样：漂亮，进攻，快乐，游戏，街头，儿童，民间，第三世界……

更为尖锐而迫切的问题则是从左派足球到左派政治的内在矛盾。左派足球似乎顺理成章地与左派政治一脉相承，但对于去年在赞美巴萨时昂然提出“左派足球”这个鲜红概念的阿根廷前主帅梅诺蒂来说，情况就未免有些尴尬——1978年世界杯那时候他分明是右翼军政府的合作者乃至帮凶。然而，即便是从左派足球到左派政治一条道走到红，当一个像查韦斯那样的独裁者自认是你的粉丝而把你的书当成治国铁律去打击异己，你是否也难免有些尴尬？

左派足球不过是口水之争，而左派政治事关血汗。又一次世界杯，游戏时间到了，而生存与命运的风暴尚在远方。

（2010）

一条死鱼吐出整个大海

不是大海吐出死鱼吗？张老西，你这么写病句报社不罚款吗？

我的同事阿村老师给我起了个绰号叫“张鱼头”（因为我爱吃剁椒鱼头），给马德兴起了个绰号叫“马方便”（因为敬业劳模马老师出国拉杆箱里总塞满了情报资料和方便面）。皇家马德兴的思维方式永远是一根筋的，比如，足球的存在意义就是为了——进球，其他都是瞎掰，比如，中国足球的存在意义就是为了——出线，其他都是瞎掰。这样的思维既环保又爱国，无趣但是方便至极——这个世界永远推崇一种主流的功利的方便的“方便面真理”。

比如《体坛周报》如此总结韩日世界杯的四强，称之为“德国化四强”。《德国化四强》，多么方便的领导报告。

而我迷信隐喻，隐喻永远比概念更接近真实，也更接近人性。很久以来我就一直在想象巴西和德国的世纪大战，现在这个想象终于成真。这何止是一场足球比赛，这是人性的角斗。在对足球的理解方式上，没有比巴西人和德国人之间的差异更大、也更引人入胜的了。

让我重复一下我的比喻：假如巴西是情人，德国就是丈夫。让我高唱诗人尹丽川写的《德国队队歌》："啦啦啦，啦啦 / 我们像德国队一样铁板鱿鱼，坚不可摧 / 我们像德国男人一样 / 生下来就四十岁 / 永远的四十岁 / 从来不十四岁 / 因为我们在纪律中培养 / 做爱也整齐、表情更优良 / 绝不玩花哨！不输就好，不输就好……"

"德国化四强"？！这是一个用死板的概念去牺牲鲜活的真实、用一元去扼杀多元的活生生例子。您知道，我要说的何止是足球。

说韩国队德国化没错，说土耳其德国化有些牵强，土耳其融合了力量和技术流，至少脚下比德国队要讲究。说巴西队"德国化"，天哪！一棵青菜可以和一根萝卜搂搂抱抱，但不可能变成一根萝卜，一个橘子可以和一个苹果卿卿我我，但不可能变成一个苹果。

这就像是非要给里约热内卢沙滩上的比基尼女郎套上你老婆的白领套装，这就像是非要跟狂欢节上的桑巴女郎来一段交谊舞。

斯科拉里当然可以在带格雷米奥时借鉴一下德式的硬朗打法，就像卢西奥可以在德甲大红大紫，但巴西队不至于因此就成了“德国化巴西”。说巴英之战小罗被罚下后巴西人是用“德国式的严谨”来对付英国人，这种论调也霸道得离谱，巴西队分明是用典型的桑巴超一流控球技巧拖慢了节奏拖垮了英国人。你不可能因为巴西队踢得严谨就说他“德国化”了，英格兰队也严谨，你怎么不说巴西队“英格兰化”呢？阿根廷队也严谨，你总不能说巴西队“阿根廷化”吧？

“德国化巴西”之类新潮足球比较理论，跟 80 年代“比较文学”热那会儿学院书呆子犯的毛病相似。比如什么李商隐和柯勒律支之狗屁比较，请问凭什么就因为李商隐和柯勒律支都用了一个关于蜡烛的比喻你就能混上副教授？

所谓比较，难的不是求同，而是存异。如果你从区区一个三后卫阵型就去讨论“巴西德国化”的问题，还不如干脆让斯科拉里加入德国国籍。只会从概念到概念，从足球到足球，等于扼杀了足球的生命。这就是为什么上海中远主帅勒鲁瓦要在他的专栏前面郑重地加上阿尔贝 · 加缪的引题：“我关注的始终是人，是人的灵魂。”

巴西人喜欢给自己的球员起绰号，巴西球员天生能诱发人的想象力。有个女孩说罗纳尔多就是铁臂阿童木，我说那里瓦尔多就是长腿僵尸——僵尸片里那种会跳能飞的神奇僵尸。至于德国队，他们一生下来就长着胡子，皱着眉头，他们就像钢铁工厂的一排高大烟囱，成天在天上吞云吐雾，作黑格尔状，俯视着这个世界。

1990 年，马特乌斯、利特巴尔斯基和沃勒尔他们就像一班酒神对酒当歌。但这十几年，德国人似乎戒酒了，黑格尔又推翻了尼采。如今的德国队，尤其是巴拉克停赛的德国队，只是一锅滚烫的白开水，能烫死人，但也只是白开水，不是酒，甚至不是可乐。如今的德国队只有黑格尔的理性，没有尼采的非理性的激情。

德迷总是过于迷信秩序，而巴迷则相信：混乱即秩序，大乱即大治。

我无比尊重德国队，但爱不起来。授受不亲，坐怀不乱，在拥抱时请穿上棉袄，接吻时请戴上口罩……对不起德迷们，我总忍不住要开玩笑。巴西名记毛罗·莱昂是这样做他的电台直播的：“现在，里瓦尔多、罗纳尔多他们在蔚山现代饭店游泳池，旁边的酒店员工正在窃窃私语，他们在说些什么呢？啊！他们在议论：原来巴西人那个玩意儿那么大！他们的后庭花也不赖。”

你喜欢归纳，我喜欢扯淡，你喜欢中心思想，我喜欢离题万里。我不能肯定提出“德国化四强”的人就是德迷，这种思维方式本身貌似很“德国化”，但其实是极权化，无论事情有多复杂，非要归纳出一个“主题”，发现一个“规律”，什么都要定于一尊，老想一统天下。这是一种根深蒂固的欧洲中心主义，而中国人一旦欧洲中心主义起来，会比欧洲人更欧洲中心主义。

左倾的，个人的，过程的，肉体的，差异的、多元的、歧义的。正是从巴西人的踢球风格，我印证并强化了某种个人哲学。

我甚至要说，从巴西队排山倒海的多点进攻——连卢西奥和埃德米尔森也奋不顾身地冲锋陷阵——我多少体会到后现代众声喧哗的迷乱和壮美，多少联想到德勒兹的“根茎”和“千高原”理论的辽阔和深邃。

当然你也可以说我是在装逼。那么好吧，我承认巴西人必须、实际上也一直在向欧洲人、向德国人学习，尤其在后桑塔纳时代。毕竟，没有人愿意只要过程不要结果，没有人愿意吊死在理想主义一棵树上——正如不能吊死在理性主义一棵树上。

还有，事物从来不是二元对立非此即彼的，你往南，我未必要往北，我可以朝西、向东，可以任意东南西北风。

在东京新宿火车站，我发现商店橱窗里摆着一个有毛主席头像的手表，是毛在天安门接见红卫兵的著名形象。最妙的是，表盘面上毛主席毛乎乎的手是电动的，一上一下地挥动。如果报社愿意报销的话，我会买下二十四只毛主席手表送给斯科拉里和他的桑巴革命战士，并跑到东京国立书法学院选购一本毛主席语录相赠：

革命浪漫主义和革命现实主义两结合。

假如这个世界还能谈论“革命”的话，那也不可能再是自恋狂的革命浪漫主义，而必须穿上革命现实主义的减肥裤。瞧，巴迷正在跟大力神赛跑呐！在世界杯开战前夕，我引用了多多的诗句：风暴掀起大地的四角，大地有着被狼吃掉最后一个孩子的寂静。

现在，当终点临近，我想说，一条死鱼就要吐出整个大海。

（2002，世界杯决赛前）

论英格兰悲剧美学

悲剧是有瘾的。悲剧就是牙掉了之后那个窟窿，让你忍不住舔了又舔；悲剧就是酒鬼的杯具，让你忍不住一杯又一杯，千杯不醉。

英格兰足球似乎总是使用同一套杯具，每隔四年，这套杯具就换一拨人来用它。连悲剧都残花败柳，被用旧了。

英格兰悲剧美学第一元素是从铁血到红牌。因为FIFA的铁腕新规，绿茵场上如今很难见红，一见红就马上出场止血，球衣上一见红就得马上出场换一件，所以，最令嗜血如命的重口味英迷血脉贲张的血战镜头已难得一见。红牌则完全值得拭目以待。贝克汉姆和鲁尼亟待接班人。

英格兰悲剧美学的第二元素是点球决战后的热泪。不经过点球决战的洗礼，英格兰怎么能说自己经历过世界杯呢？

英格兰悲剧美学的第三元素是黄油手。当詹姆斯重新站在大门前，他身后的门里埋着格林，而当格林站在门前，身后的门里则埋着大卫·罗宾逊、柯克兰、福斯特。考虑到“他抱着自个儿的脑袋也会脱手”这个经典比喻当初说的就是詹姆斯，那么谁知道哈特会不会突然站在大门前，而身后的门里埋着詹姆斯？

英格兰悲剧美学的第四元素是黄油脚。诚然如温格所论，英格兰应该坚决地打“冲击足球”，而不是并不擅长的“控制足球”。卡佩罗的足球和温格的足球是两码事，但是“冲击足球”毕竟还得建立在一定的控球基础上。这么多年过去，英格兰在控球方面始终缺乏一支夺冠热门应有的自信。连鲁尼也屡屡暴露出“黄油脚”，就让人更能理解为什么他最喜欢伊涅斯塔——伊涅斯塔的脚对足球来说就是万能胶。从黄油手到黄油脚——在世界杯期间，英国人在吃英式早餐的时候，务请严禁吃面包时涂黄油。

英格兰悲剧美学的第五元素当然是五毒俱全的私生活。特里更是将这一美学推向更高境界。现在英国狗仔队肯定在满世界搜捕布里奇，一俟英格兰队猝毙，就配上布里奇的度假照片。而卡佩罗虽然不贪色，但代言赌博公司一事还是让人看到这位道貌岸然的酷帅与埃里克森有一拼的贪财本色。

英格兰始终是夺冠热门中最被高估的一个。

写到这儿，请允许我想念一下加斯科因，那个脱裤子放屁的活蹦乱跳的小丑——点球出局后的泪水也难掩他的喜剧精神，在英格兰苦大仇深的悲剧群雕面前他显得真实而精彩。足球在英国明明代表的是世俗百姓粗豪欢野的活力，但现在一穿上阿玛尼的西装似乎就被硬生生包装成19世纪绅士，并且一如既往地被媒体往日不落帝国悲剧英雄的火坑里推。

于是，威廉和哈里二位王子只能坐在开普敦的看台上摇头蹙眉活受罪。殿下为什么不去看赛马呢？

只有嬉皮士乔治·贝斯特和朋克加斯科因，只有这二位大仙，才是超越了英格兰悲剧美学的喜剧小丑。

（2010）

法式大逃杀之一

世界上或许只有两个国家的政府会为自己国家足球队的失败展开煞有介事的调查，一个是朝鲜，一个是法国。为了区区一个球，他们不惜开动国家机器。

多梅内克的惨败带给法国的震动，似乎不亚于雅凯的夺冠。

萨科齐嚷嚷着要对法国队的内讧展开调查，而这就是政客的媚俗——借爱国主义来占领道德制高点。

队长埃夫拉在球队被淘汰后称："我会在合适的时机以私人名义说出实情。希望尽快。我没什么好隐瞒的，法国队不属于任何人，它属于所有法国人民。这段时间对我们来说是很大的煎熬，真的是煎熬。我们之前发出一个声明只是为了解释一些实情，但发展到最后就不是这个样子了，我觉得更像一个求救信号。"在"私人"与"人民"之间发生的这一场足球战争，是人们生存现实的绝佳写照，故事中不只有他们，其实也有你有我。

我从中学时就被老师告知，“资产阶级自由化”思想的核心，乃是主张“他人就是地狱”。萨特的话不幸被阉割，抽离了上下文语境，而他另一句话被遮蔽了——“人是生而自由的”。从萨特的意义上说，法国队简直出演了一出现代人荒野求生乃至“大逃杀”式的真人秀——世界杯就是一片人性的荒野，多梅内克、教练组、阿内尔卡、法国队、法国足协、齐达内、媒体、萨科奇政府、法国公众，在这儿杀了个昏天黑地。法国队的南非世界杯之旅被球迷唾弃，却会让文人学者，以及不仅仅屈从于媒体暴力的严肃记者兴奋不已。法国队书写了一部现代人的“越狱”白皮书，至少是起了个精彩的开篇。

多梅内克是无能的，阿内尔卡是操蛋的，然而习惯于用集体主义爱国主义凌驾一切的吾国球迷尤其是吾国法迷，在怒骂多梅内克痛斥阿内尔卡的时候，最好首先理解西方人对个人主义原则、对个人尊严与自由的捍卫，这样才能理解为什么多梅内克会反对法国足协开除阿内尔卡的决定，为什么里贝里会为阿内尔卡落泪，为什么埃夫拉会为阿内尔卡冲冠一怒不惜牺牲队长袖标和上场资格。在简单粗暴的媒体暴力和威权暴力面前，在残酷无情的社会机器面前，他们首先想到的是——保护个人。

认识到“他人就是地狱”，是为了捍卫“人生而自由”，但有时为了捍卫“人生而自由”，人们又更容易去认定“他人就是地狱”，甚至把他人推入地狱。这就是自由与地狱的悖论。

所以，炮火后来又从阿内尔卡从多梅内克，转移到所谓“内奸”：谁是那个将更衣室冲突内情泄露给媒体的叛徒？一时间更衣室人人自危。其实这可能仅仅是某个人一时“大嘴巴”说出去而已，何必非要上纲上线到“内奸”、“叛徒”的地步？法国人喜欢抓“内奸”是举世闻名的，二战结束后，似乎随便扔一块石头，都能砸到一个法奸。于是法国人民都不喜欢法国人民，法国人民都在猜疑法国人民，法国人民都在揭露法国人民，仿佛法国的沦陷都是因为那些法奸与德国人勾结所导致的，跟人品亮丽圣体发光的法国人没干系。现在法国人这么热衷于在足球队里捉内奸，是为了纪念二战痛史吗？捉内奸既能充分满足大家的好奇心和正义感，又能撇清责任，这往往激发出另一种人性之恶。

于是多梅内克成了人民公敌。法式面包有多少种类，法式蜗牛有多少种吃法，多梅内克就有多少种阵容打法。他就像赌徒一样，输一回就换一回座位想换运气，在赌局圆桌上转了一圈最后实在找不到没坐过的座位了，就只好下地狱去找。没有比他更善变的了，知道萨科奇为什么那么讨厌多梅内克吗？法国评论家指出：“那是因为他觉得多梅内克太像他了！”一样善变，一样浪漫多情，搞定布吕尼似乎是萨科奇上任后干的最大一件事，而多梅内克赛后向女友闪电求婚的好戏，也多少掩盖了他带队风格的沉闷。萨科奇和多梅内克联袂阐释了经典法国男人风范：酷爱吹牛，擅长许诺，浪漫高于现实，乃至掩盖现实、取缔现实。

勇揭黑幕的《队报》似乎成了左派足球与左派政治之间的皮条客，法国式的左派批判现实主义和革命浪漫主义精神如今似乎只能宣泄于一个无辜的皮球上。1998 年《队报》输给了雅凯，而这次赢了多梅内克——但这场超级闹剧中难道真有赢家吗？只有《队报》才会如此狂热地在世界杯前夕乃至世界杯期间，喋喋不休地讨论布兰克的下一届国家队，当最后布兰克也被媒体拉下水忍不住对多梅内克说三道四时，你就知道法国舆论早已提前为多梅内克安排了葬礼。由于忍受不了现实的地狱，人们炮制了未来的乌托邦，但乌托邦反过来可能会让现实更加万劫不复——乌托邦的现实往往就是地狱——乌托邦与现实之间的 SM 关系，法国人最为擅长。但《队报》的乌托邦精神仍然是为市场服务的，一半是为了话语权，一半是为了销量。浪漫主义背后仍然是现实主义的势利算计。因此，口口声声“自由平等博爱”的法国人会在公投中对欧盟说不。浪漫与现实的分野，其实很多法国人门儿清。

终场前，南非队获任意球，法国球员排成人墙，这就是四次参加世界杯的亨利留下的最后形象：一手护头，一手护屌，就像站在行刑队面前。法国队等待国人的审判，然而原告何尝不是被告，被告何尝不是原告？在捉内奸找替罪羊的时候，每个人似乎都一脸悲愤和无辜。教练、足协、媒体和公众都在怒骂——“法国队令法国蒙羞。”但为什么不照照您老人家自己？法国队就是法国人的一面镜子。

当过守门员的加缪说过：有关生活的一切，我都是从足球学到的。萨特也说过：足球是生活最好的比喻。瞧，对足球的价值作出最高肯定的都是法国哲人。萨特关于足球还说过一句话：“足球里的所有问题都是因为对手的存在。”而法国队把问题完全颠覆了，他们输给了自己——“足球里的所有问题都是因为自己的存在。”

(2010)

法式大逃杀之二

萨科齐换成了奥朗德，多梅内克换成了布兰克，法式大逃杀也有了续集。

高卢鸡瓮声瓮气呆头呆脑地下了两个鸡蛋，布兰克用两个鸡蛋为他的两位世界冠军队友庆祝生日——齐达内和维埃拉。

全场响彻马赛曲的时候普拉蒂尼嘴巴紧闭，这是一个优秀政客必需的冷静：因为他是另一个“欧盟”——足球的“欧盟”——的统治者，而不仅仅是一个法国人。

有一句话一针见血地道破了法国人：“他们认为欧盟毫无必要，但假如有必要，那也是法国人创造出来的。”这就是法国人的自恋，从萨科齐到奥朗德，都善于用不同的嗓音半夜鸡叫，提醒全世界：是咱法国在引领甚至领导欧洲——他们强调的与其说是责任感，还不如说是地位。

革命是法国的时尚，1968 年五月风暴有一句口号是：鹅卵石下面通向海滩。到了 80 年代他们不再空想革命，变得更为实际，但他们的实际其实不实际到不可思议的地步——很多法国人不相信鹅卵石下面是海滩，可竟然认为巴黎的地下有石油，而且真的实施了石油勘探计划！虽然很快沦为笑料，但法国人的革命浪漫主义精神再一次得到印证——他们勇于实验，不怕失败，不怕嘲笑。

然而进入欧盟时代，法国人一再暴露出自私、胆怯和犬儒。当法国人痛斥法国队在西班牙队面前的糟糕表现时，是否会惊觉足球不幸正好再次暴露了法国人的隐疾？——好高骛远却不肯承担责任，自恋成癖却又患得患失。

所谓的“西法控球大战”沦为笑柄。法国队似乎更想向希腊队看齐，尽管没西班牙那么靓仔没德国那么帅气，他们明明也是高富帅，但一看到别人比自己更加高富帅，马上缩头摆出一副屌丝逆袭的操性。人家拳头还没过来，已经先闭上眼睛迎上去。布兰克的保守变阵惨败，他的战术与其说是实验，还不如说是逃避，似乎在等着对方的拳头打偏，等着对方自己滑倒，这是一种苟且偷生的足球哲学，既然法国人凡事都要上升为哲学，那么，祝布兰克全家都是哲学家，他那副形象确实很像一个巴黎高师毕业的萨特研究专家。

萨特说：他人就是地狱；法国人说：内讧是我们的专利。内讧俨然已经上升为存在主义哲学。埃夫拉踢完第一场就被拿下，本·阿尔法因为跟主帅吵架被弃，迪亚拉和纳斯里争执……而最常规的战争发生在记者与球员之间，西法赛后纳斯里用一连串谩骂向记者宣战。这是永恒的法兰西内战。

1998年法国媒体曾模仿艾灵顿公爵的爵士名曲*Black, Brown, and Beige*（《黑色，棕色和米黄色》），将齐达内领衔的法国队形容为“blacks, blancs et beurs”（黑色，白色和奶油），以此赞美法兰西种族团结的伟大活力。但如今法国人不无沮丧地发现，推特和爱疯时代特立独行的新世代球星越来越难以驾驭（比如本·阿尔法、纳斯里以及此次不幸落选的古尔库夫），在种族成分复杂的团体中越来越难以调和各种矛盾。而法国队再也没有齐达内、维埃拉这种巨星，没有绝对实力做后盾，矛盾会更为突显。

法国媒体如此醉心于批判国家足球队，或许正因为这样一支种族成分复杂的球队，始终能像马戏团一样演示法国式烟熏火燎的政治社会生活。在这里，足球无法提供超越现实的梦，只能让人更看清残酷的现实。

（2012）

国歌的沦丧

最喜欢的国歌还是德国国歌，在我心目中略胜法国国歌《马赛曲》。德国国歌源于海顿《皇帝四重奏》第二乐章，每回我都不会错过德国队的开场国歌仪式，即便不是德迷，这深沉庄严的海顿也容易令你鸡皮疙瘩乍起——何止是皇帝，那是上帝。

1990 年世界杯西德夺冠那年，贝肯鲍尔每回都慷慨庄严高唱国歌，贝皇当然最能理解《皇帝四重奏》，如果说德国国歌有什么代言人，那就是贝肯鲍尔。德国国歌最好的版本，始终是足球场版本——当然尤其是在德国主场。

然而此后你会发现德国队开始出现越来越多不会唱国歌的国脚，比如 1996 年欧洲杯最佳球员萨默尔，这位东德人就不会唱德国国歌，因为那是“西德”的国歌，而他从小唱的是“东德”国歌《从废墟上崛起》。至今很多东德人仍然对国歌缺乏认同感。

1998 年德国队出了个巴西前锋保罗 · 林克，一时举世舆论哗然，但后来德国队中的德籍老外或有外国血统的球员越来越多，大家也就见怪不怪了。2006 年世界杯小组赛德国迎战波兰时，克洛泽和波多尔斯基这对波兰裔前锋戏剧性地对“祖国”反戈相向，又被狠狠炒作了一番。再后来，这类新闻的轰动效应越来越下降。

于是，如今德国队比赛开场时德国国歌唱得稀稀拉拉，对比一下贝肯鲍尔时代铁血齐声高歌的震撼场面，很多西德人感到不适和失落。当勒夫的球队踢得越来越精致艺术，又有不少人批评他们失去了德意志足球传统应有的强悍凝聚力——而国歌唱得稀稀拉拉，多少也构成一个罪名。

2010 年德国队的世界杯二十三人名单中，有十一个人要么是外国血统，要么有一半是外国血统，分别是：克洛泽（波兰）、波多尔斯基（波兰）、特罗霍夫斯基（波兰）、厄齐尔（土耳其）、塔什彻（土耳其）、卡考（巴西）、杰罗姆·博阿滕（加纳）、奥戈（尼日利亚）、赫迪拉（突尼斯）、马林（塞尔维亚）、戈麦斯（西班牙）。

赛前奏德国国歌时，首发十一人中嘴巴紧闭的球员是：厄齐尔、赫迪拉、波多尔斯基、博阿滕。克洛泽毕竟是老炮了，但他与其说是在唱还不如说是在哼国歌。德国对加纳，卡考取代克洛泽首发，于是德国队多了一个闭嘴的，至于杰罗姆·博阿滕，他没有张嘴跟着敌阵中的哥哥凯文·博阿滕唱加纳国歌就不错了。

贝皇终于忍不住了，他公开炮轰国家队也不好好管管球员。但勒夫坚持他不会强制要求球员学唱德国国歌。这是一个有趣的代沟：贝肯鲍尔还是个传统的“西德人”，而勒夫身上有更多新德国“后柏林墙时代”的开明开放精神。勒夫与德国足协关于续约合同的扯皮，在贝皇看来也有不够爱国之嫌，他说自己当年根本没签合同就义不容辞地接受国家队帅印，以此批评勒夫太计较个人利益。贝肯鲍尔与勒夫之争，典型反映了新德国的巨变：如今契约精神和自由精神似乎比爱国主义精神更加神圣不可侵犯。

2006 年德国世界杯见证了右翼种族主义光头党的式微。在柏林墙倒塌二十年之后，宽容多元的新德意志精神已经不可逆转，随着柏林墙倒塌后出生的 90 后一代成长起来，德国队中的“老外”或混血儿只会越来越多。而如何在欧洲一体化时代重建外来族裔和新移民的德国身份认同，正是德国的重大难题，但也是题中应有之义。世界杯上的国歌风波会激起德国人的进一步争论和反思。

德国国歌的历史渊源注定它的政治敏感，1922年版本的德国国歌歌词是：

德意志，德意志，高于一切，
高于世间所有万物；
无论何时，为了保护和捍卫，
兄弟们永远站在一起。
从马斯到默默尔，
从埃施到贝尔特，
德意志，德意志，高于一切，
高于世间所有万物。
德意志的妇女，德意志的忠诚，
德意志的美酒，德意志的歌曲；
遍及世界，却永远保持
他们古老而高贵的名声；
激励我们从事高尚的事业，
即便要用去我们的一生。
德意志的妇女，德意志的忠诚，
德意志的美酒，德意志的歌曲。
统一、正义和自由，

为了德意志祖国；
让我们一起为了这个目标而奋斗，
像兄弟那样团结起来，手拉手，心连心。
统一、正义和自由，
是我们幸福的保证。
在繁荣昌盛的光芒中绽放，
绽放，我们的德意志祖国！

最好玩的是有个香港粤语版的译本，把德国的妇女写成"德国的靓女"，平添了一份妖娆。但这首歌还是过于肃杀了，"德意志高于一切，高于世间所有万物"这句纳粹时代被歪曲的歌词，到了1955年被删除。但毕竟音乐还是那个音乐，现在去网上看看，当年的德国国歌伴随的多是希特勒阅兵的画面。对欧洲很多被德国侵略过的国家人民来说，德国国歌即便不刺耳，也容易唤起不愉快的历史记忆，对犹太人就更不用说。两德统一后国歌问题也非常敏感，最终双方确认的统一的德国国歌只保留了原歌词第三段，只高歌了"统一，正义，自由"。

2008年在广州的"德中同行"德国文化节上，我喜欢上一支叫"17嬉皮"（17 Hippies）的柏林乐队，其成员种族成分复杂，音乐风格也因此五花八门。1990年柏林墙拆除之后，东德和西德互相融合，欧洲各地尤其是东欧人汹涌而至，柏林逐渐成为欧洲最具多元文化活力的大城市，比伦敦巴黎便宜，更比伦敦巴黎宽容自由。17 嬉皮士从大半个欧洲吸取养料，德国民谣、爱尔兰音乐、古典圆舞曲、巴尔干吉卜赛、法国香颂以及 Cajun 等等传统音乐包罗万象，融合为一种令人耳目一新的“柏林 World Style”。女主唱 Kiki 如此定义“柏林风格”：“它很欧洲又很世界，很西方又很东方，我的少年时光是听着英美音乐长大的，1990 年柏林墙被拆除后，德国周边如此多国家的人们带着风格迥异的丰富音乐涌入柏林，我以前根本不知道也没有听过，所以突然间耳朵有点忙不过来！我们成长经验中的流行、摇滚与新进的民族音乐融合在了一起。”这段话是关于新柏林新德国的绝佳表述。

而眼下这支五颜六色的混血德国队，这支再也无法整齐划一高唱国歌的德国队，从正面意义而言，恰恰是柏林墙倒塌二十年的最好纪念，或者说，它根本就是柏林墙倒塌的时代产物。看看里芬斯塔尔的第三帝国时代大片《意志的胜利》，再看看如今德国队国歌唱得稀稀拉拉的场景，确实令人百感交集，难免对文明的力量平添一份信心，甚至忍不住也想像罗永浩那样，来一本《我的奋斗》。

（2010）

又及：2012年欧洲杯，以及迄今为止的各种比赛，德国队依旧没法整齐地唱国歌，厄齐尔、赫迪拉、波多尔斯基、博阿滕，这四大金刚依旧紧闭嘴巴。2014年世界杯看来也不会有所改观——把国歌唱得稀稀拉拉，这简直已经成为德意志军团的标志。

另外，我的好友宋雨喆移居柏林，他的“大忘杠”乐队也有了一个柏林版：管乐手是希腊人，大提琴手是俄国人，鼓手是日本人，打击乐手是德国人。

Go West——德国，一个夏天的童话

欧洲特快

“闭上眼睛，随着心跳，从十数到一，你就进入欧洲了，进入它的梦和现实……”请允许我模仿拉斯·冯·提尔的电影《欧洲特快车》的开头，请允许我傻呵呵地想象自己是一名二战士兵正在逼近战场，或者是一名尼伯龙根的骑士，正在寻找莱茵河里的黄金，或者是歌唱着《尼伯龙根》的一名中世纪游吟诗人，终日游荡于每一个节日、每一个婚礼和葬礼，歌哭醉笑，骗吃骗喝……

在慕尼黑的国王广场，我拿着地图四处张望，一位慢跑的老人停下来问我要去哪儿。路德维希一世建造的国王广场1930年代是纳粹游行集会之地，如今成为德国球迷庆祝胜利的圣地。在国王广场附近看到了一张海报，是一个博物馆举

办的足球主题摄影展，名为“One Game，Many Worlds”，这和“ One World，One Dream”真是两个不同的世界。在全球化时代、欧洲一体化时代，似乎更应该说 One Game，One World，比起 1998 年法兰西世界杯，欧洲统一的步伐已大大加快，欧盟的版图也越来越扩大，在民族国家分离——塞尔维亚和黑山分离在世界杯前夕——的同时，“欧洲”作为一个共同体的概念不断强化，在分离和统一的二重变奏中，欧洲文化版图的色彩更为斑驳迷离，通俗的说法是：尊重多元文化。

在从巴塞罗那去德国的中途，我下了车，在法国与西班牙边境上一个叫 Cerbère 的法国小城车站抽了两根烟。1939 年，十万名西班牙人被迫在此修筑铁路。在另一个类似的与西班牙交界的法国小城，一个叫本雅明的犹太人当年因无法逃亡过境到西班牙而在绝望中自杀。

希腊导演安哲罗普洛斯的电影《永恒的一天》中，“逃亡过境”被强化成一个末日场景，他甚至虚构了令人毛骨悚然的一幕：企图翻越铁丝网逃亡过境的人全部被电死在铁丝网上。

好在 *Go West* 如今成为足球战歌兼欧洲统一的圣歌。好在 U2 那首 One 也可以道出统一欧洲的处境和诉求：We are one，but we are not the same。

越是在欧洲的中心，越是能感受到“One Game，Many Worlds”的巨大漩涡，因为世界杯就是一个最大的人类狂欢节。在慕尼黑路德维希大街靠近凯旋门附近的一家小旅馆，一住进去打开电视，不是世界杯就是扎卡维。基地老二扎卡维在世界杯开幕前一天被打死。从冯·提尔电影那个鬼火明灭的欧洲噩梦中醒来，擦擦鞋上的新泥和青草，我准备去一个婚礼蹭饭。播放扎卡维新闻的电视枪声大作，而窗外是教堂的晚钟、鸟鸣、落日。

奥斯维辛之后，可以踢球

很多文人都喜欢追随海德格尔，三房两厅两卫诗意地栖居，并且响应阿多诺的号召，在奥斯维辛之后不再写诗，改当副处。

但今夜我不关心人类，我只想你个球。

我住在多特蒙德的威斯特法伦大球场旁边的一个集中营里，没错，Fan Camp——球迷集中营，德国人和波兰人共处于一个球迷集中营。这个集中营可以容纳四千人，每个人花四十欧元去领一个床号，并且手腕绑上记有你床号的一条黄带子，感觉有点像犯人，只不过没将号码烙在皮肉上而已。还可以领到一条薄被子，打开一看才知道是他妈纸做的！有生以来第一次盖纸被子，这就像睡在一张卫生棉下面，随时会被冲进马桶。没有枕头，床很有弹性但似乎随时会爆裂，更好玩的是床是透明的，假如睡在你上铺的是一个波兰美女那可就太遗梦了，可惜只能看到上铺一个两百五十斤的德国胖子，你不单不敢睁眼欣赏他婀娜的曲线，还要做一个南瓜掉下来把一根黄瓜砸成蒜泥拍黄瓜的噩梦。

这是专为球迷而设的临时住处，前台服务员把它说成是Box，而不是Room。这些盒子附近还有一个Beach Bar，就是堆了一堆沙子，伪造成所谓海滩。但没人泡吧，可容四千人的巨大盒子里也只装了顶多两百号人，估计球迷宁可背睡袋睡大街也不愿花钱盖纸巾睡盒子。这种巨大、整饬、单调、便捷的球迷集中营，实在很德国。

波兰人骨子里痛恨德国人，但德国是他们go west的首选，在欧洲人们说“波兰的管道工”就好比香港人说“菲佣”，“波兰的管道工”常被用来泛指欧洲统一进程中身处西欧花花世界的东欧廉价劳工。波兰人的民族主义激情从来都是火爆的，纤弱的肖邦一弹波兰舞曲乃至《革命》便火花四溅。但在战场上，肖邦不如“ole，ole”的拉丁舞曲直接省事，波兰球迷在德国总是要竭力表现得比德国球迷更加狂热。在明斯特开往多特蒙德的火车上，一路上波兰人和德国人都在高歌，一个波兰小女孩一点一点从人群里奋力挤出来，伸手乞讨一个硬币，一个脸容忧郁而优雅的波兰小伙子始终沉默、面无表情，然而当火车一抵达，他突然放声高呼“Polska! Polska！”纵身跃入爱国的洪流，沉默的火山瞬间喷发令人惊骇。

当波兰队在最后时刻被德国队攻破大门，波兰球迷的火山顷刻死寂，这同样令人惊骇。我看到一个波兰人用国旗蒙住脑袋，又猛然掀开扔在地上狂踩！另外一个波兰人冲着狂欢的德国人喊“Fuck you”，但马上被同伴制止。输球后绝大多数波兰人干的，只是继续双手高举他们的国旗和球队围巾。

波兰诗人米沃什在《米沃什词典：一部20世纪的回忆录》收录了一个屈辱的词：世界肛门。或者说：世界的阴沟。他说那是1942年，某个德国人对波兰的定义。他指出：“在西欧占领区，德国人显然感到窘迫，还会隐藏起他们的目的；而在波兰，他们彻底放手蛮干。”但矛盾的是，米沃什并不掩饰自己的西欧中心论，“因为欧洲分成创造的西部与模仿的东部（它重复西欧的形式）”。他还宣称自己“不应隐藏对东方的恐惧”，因为在他脑子里，“东方的形状有如一个深不见底的陨石坑或沼泽地的大漩涡”。

想到一位以前在广州后来不知去向的波兰朋友——中山大学人类学系的朋克诗人奥勒斯，1999 年他曾在广州的“不插电”酒吧朗诵自己的诗，并且在王磊等人的伴奏下即兴高唱波兰团结工会时期著名朋克乐队 Lady Punk（不过，那是一支男性乐队）的歌。我眼前这成千上万的波兰球迷是冷战结束后长大的一代，是团结工会的儿女，他们有着瓦文萨一样的嗓门，他们是火山，还是火山的余烬？他们整晚都在高呼 Polska，但他们唱的却不是波兰国歌，而是波兰语版的 *Go West*。

多么矛盾。

亲爱的流氓，你在哪里

德国球迷和荷兰球迷，就是一对冤家活宝，难兄难弟。上届世界杯少了荷兰人，这一回总算哥俩久别重逢。

荷兰对塞黑比赛结束后，荷兰人和塞黑人各自狂欢，输球的和赢球的一样兴高采烈，各有各的乐队，各有各的派对，而德国人要干的，只是为荷兰人和塞黑人打扫战场，收垃圾，收啤酒瓶，收尸——躺在地上的酒鬼。

荷兰球迷大摇大摆，大鸣大放，大吃大喝，大吹大擂，大大咧咧。而德国佬这次碍于东道主的身份，似乎甘于衬托荷兰人。德国人喊出这样的世界杯口号："交朋友的时刻！"电视台不停播出这样的世界杯宣传广告：卡恩帮你搬行李，巴拉克帮你拦出租车，施魏因斯泰格帮你开车门。每一次我在街头掏出地图四处张望，总有人上来问："我能帮你吗？"而在我亲爱的祖国，假如我在街头露出无助羔羊的神情，马上会有人扑过来："要证件吗要发票吗要美元吗要电脑吗要手机吗要毛片吗要小姐吗……"

在德国，街道似乎比我的鞋还干净，似乎每一朵花都等着你老人家跟她 say hello。

这个世界美好得我只能百无聊赖冲着空旷的大街嚷嚷："光头党，你死哪儿去啦？足球流氓，你给我出来！"好在荷兰人终于给德国世界杯带来一点点火药味——我不是在鼓吹暴力，我只是想说：在给咖啡加点糖的时候，别忘了给香肠来点芥末，给火腿来点辣酱。

因为荷兰球迷与德国球迷的最大敌人并不是彼此，而是无聊。安逸、闲暇、消费主义，不单难以消除、反而不断繁殖这种无聊感。无聊——现代人的大敌。

荷兰人来德国不是来跟歌德和贝肯鲍尔 say hello 的。荷兰人喜欢乱搞，但阿姆斯特丹的红灯区和大麻蘑菇店太井井有条了，真的要乱搞，最好跑到别人家去。于是他们把莱比锡的街心喷泉水池搞成洗手间集体撒尿，成群结队闯红灯拦阻车辆，巴士司机按铃警告，他们吹喇叭回敬，你按一声，我吹一声，有个哥们喇叭中出来的竟是《血染的风采》的旋律，估计是中国出产的喇叭——全球化太牛逼了！

德荷球迷与其说是在吵架，还不如说是在调情。贝肯鲍尔 vs. 克鲁伊夫、沃勒尔 vs. 里杰卡尔德、科勒 vs. 巴斯滕，爱恨情仇，欢乐英雄。德国球迷和荷兰球迷，即便互相打得头破血流，回到家还是会把对方珍藏在心头。几年前有一次德荷大战，德国有媒体嘲笑荷兰人：这个国家最牛逼的人是个疯子。说的是凡高，但德国最牛逼的人尼采，也是个疯子。

凡高大战尼采，血染的风采难再。

勃兰登堡的卡恩

当卡恩拇指缠着厚厚胶布的右手紧紧握住莱曼的右手，我预感到点球决战的胜利将属于德国人。

从观赏角度看，德国和阿根廷这场大战堪称垃圾。赛前在柏林新火车站门口，有个阿根廷黄牛党开出四百五十欧元的价想把一张面值一百八十欧元的票卖给我，说实话真不算贵，但我犹豫了一下还是没买，最后去了勃兰登堡门看世界杯大屏幕。我应当庆幸没去现场，凭什么要花四千人民币买一包垃圾呢？何况卡恩和莱曼的握手在现场是看不清的，那是德阿大战最可观的镜头。

默克尔在德国队落后时常常站起来张开双臂，像只无辜的熊妈妈眼睁睁看熊宝宝落入潘帕斯雄鹰爪下。这一天的柏林，令人想起四年前的韩国，韩国队大战意大利队赛前，韩国人到处渲染1966年朝鲜队在世界杯大爆冷门淘汰意大利队的革命往事。韩国红魔在球场看台拼出“1966”的血色汪洋。而如今在柏林市中心也掀起了德国红色狂飙，市中心好几处竖起了红墙，上面大书特书：1954，伯尔尼；1974，慕尼黑；1990，罗马；2006……很多车也被染成红色，上面标记着1954、1974、1990的三颗星。德国人的心越来越野，他们根本不去想一旦被阿根廷淘汰，这些红墙会立马沦为坟墓，这些红色战车会变成灵车。假如佩克尔曼赛前好好逛逛柏林市中心，他或许不会犯换下里克尔梅死守的错误。

这个夜晚不仅属于莱曼，也属于卡恩。在阿根廷人罚点球前，勃兰登堡门万众山呼莱曼。在得知自己沦为莱曼替补后，卡恩曾专门开新闻发布会宣布：“德国的利益高于卡恩的利益，卡恩仍然为德国而战。”忍辱负重，服从大局，这也是德国人的天性，而卡恩和莱曼一样，都是死不悔改一根筋坚持个性的爷们。两个月前，当我问及德国前卫萨克斯大师彼得·布罗茨曼的时候，瑞士著名鼓手皮埃尔·法瓦赞叹："他很German。"他告诉我在欧洲，说一个人"German"指的就是他够强硬，法瓦拍了拍额头作撞墙状，所谓"日耳曼"就是"一条道走到黑，不撞南墙终不回"。

德国队似乎有两个人在把门，卡恩就站在莱曼的背后。马拉多纳此前曾同情地说：看着卡恩这样一个伟大的球员坐在替补席上，实在令人悲伤。但卡恩战胜了这种廉价的同情，把悲伤留给了马拉多纳和他的阿根廷同胞。当两个板着铁脸冷战多年的对手现在懂得了相视一笑，当两只铁钳般的大手焊在一起，在德国统一的象征勃兰登堡门，在昔日柏林墙的核心地段，十万人为两个男人无言的握手，爆发出惊天动地的欢呼。

教堂穹顶的足球

足球场和教堂是两极，但莱比锡圣尼古拉教堂的穹顶居然悬挂着足球。

教堂不只是古典音乐，也是哥特、黑潮、死亡金属乐队梦寐以求的演出圣地。不只是撒旦与上帝共舞的反差，教堂的声场和混响效果也令人着迷。

但还是容不得足球撒旦，一到比赛日，圣尼古拉教堂便闭门谢客，担心喝高的球迷滚进来。然而教堂也要赶世界杯的时髦，以一个穹顶的足球，来向狂欢的世俗世界 say hello——就像保罗二世接见马拉多纳，尽管后者曾对教皇大放厥词。

足球俨然成了伊甸园奇异的果实。

始建于 12 世纪的圣尼古拉教堂，正是 1989 年东德民主运动的策源地。那年秋天的一个星期一，人们从圣尼古拉教堂出来，不愿回家，在大街上游行……后来，他们和西德人一起推倒了柏林墙。德国的统一，始于圣尼古拉教堂。

从尼古拉教堂前往新音乐厅的路上，难免想到库特·马祖尔。1989 年正是这位莱比锡音乐厅乐团的指挥大师在生死关头来到广播电台，呼吁双方克制，帮助确保了这场运动的和平。

德国统一后库特·马祖尔移居纽约。只有巴赫才是这座城市永恒的主人，在球迷撒野的街道上，到处飘荡着五欧元一张的巴赫肖像海报。托马斯教堂肃立在世界杯的大熔炉边，1723 年到 1750 年，巴赫曾在此担任风琴师和指挥，并最终葬在这里。没有比在托马斯教堂听巴赫更神圣的了，播放的就是巴赫当年创作于托马斯教堂的管风琴《马太受难曲》。我不断收到编辑催问世界杯稿件的短信，一连回信三次，都没有发送成功。巴赫掐断了信号。

托马斯教堂外的巴赫雕像下，一个卖艺的小号手一遍又一遍地吹着那首爵士经典 *Summer Time*。巴赫的夏日时光，被八分钟连进三球的澳大利亚队一次次打断，在托马斯教堂对面的巴赫博物馆隔壁，一台电视机在轰鸣。教堂外，一个乞丐长跪不起，一个疯子狂笑不已，巴赫并不知道：饥饿与疯狂的时间业已过去三百五十六年。

查拉图斯特拉之女

盘古乐队歌中唱到：我为什么想要原子弹，因为你只给我一碗饭！

伊朗原子弹疑云密布，德国报纸全是伊朗总统内贾德的大幅照片，下方是一大排西方媒体的麦克风，满面笑容的内贾德头顶是巨大的和平鸽图案。而在法兰克福，伊朗队迎战葡萄牙队前夕，伊朗人在游行，标语牌写着两个词——Iran和 Peace。

德国的伊朗侨民不少，德甲也有好些伊朗球员，阿里·代伊、哈什米安和卡利米曾先后效力拜仁，拜仁成为伊朗与西方之间的最佳亲善大使。今年拜仁访问伊朗时正值伊朗核谈白热化，西方鹰派指责内贾德利用足球，指责拜仁甘心沦为内贾德的政治工具。

然而，足球，或者乒乓球，以及其他不管什么球球蛋蛋，假如真能成为有效的政治工具，那是光荣。

伊朗女球迷披着黑纱巾去看球——这是西方媒体最喜欢寻找、传播乃至刻意生产的形象。一旦逮到了，没准记者还会递给她一个足球，让她学小罗颠两下球或者学巴拉克做拔脚怒射状，就像在北京，他们喜欢让蓬头垢面的民工站在2008奥运的大幅宣传画下合影。这种蓄意的模式化图像符号往往容易扼杀人与世界丰富的复杂性。好在，在法兰克福偶遇的伊朗侨民打破了我们的陈腐想象。

美茵河上矗立着一个巨型的世界杯大屏幕，两个戴着头巾的伊朗酷女躺在河边看球，当她们察觉到我的相机，其中一个立马起身摆了一个pose，而另一个满不在乎地自顾躺着，手夹香烟吞云吐雾。现代性的基本元素应有尽有：香烟、足球、牛仔裤、头巾（爱马仕！）、可口可乐、太阳镜……当然还有美貌和玲珑的身材。

躺着抽烟身穿卡利米球衣的少女叫帕丽莎，她递给我一张写有她邮箱的纸条，要我们发照片给她。帕丽莎七年前来杜塞尔多夫念书，她说她会英语德语西班牙语，我说很快你可能就会说中文，她笑说 yes。当我向她要根烟抽时她一下从包里掏出两包万宝路，问我要浓的还是淡的。

随后一切变得越来越天方夜谭——一个六岁的伊朗小女孩在美茵河畔用中文唱《两只老虎》给我听，天呐！告别帕丽莎之后，又邂逅一对伊朗夫妇和他们的一对儿女——黛丽亚和阿德里安。姐弟俩生在德国，他们的父亲告诉我他曾在德黑兰一个电视台工作，十六年前逃亡到德国。他也给我们写了邮箱，邮箱名由两个宝贝儿女的名字合成：AdrianDeylia。

几经母亲催促，黛丽亚害羞地边笑边唱《两只老虎》给我听，那是从中国邻居那儿学来的。在报纸上，在美茵河畔，我看到的是两个截然相反的伊朗。这也是历史上两个截然相反的伊朗在今日的延续——巴列维的伊朗和霍梅尼的伊朗。

突然想到杰出的伊朗女歌手、艺术家苏珊·黛希姆（Sussan Deyhim），她喜欢和那个德国疯子对着干，尼采大喊上帝死了，苏珊·黛希姆却唱出《上帝的疯子》，尼采写《查拉图斯特拉如是说》，她却创作出多媒体歌舞剧《查拉图斯特拉之母》。内贾德禁止一切西方音乐，但在内贾德的时代，伊朗以及这个世界有幸还拥有苏珊·黛希姆这样的反叛者——夹在上帝与安拉、神性与人性、伊朗与西方之间的“查拉图斯特拉之母”。

黛丽亚就充当查拉图斯特拉之女吧，让她去核谈峰会上唱吧：“两只老虎真奇怪，真奇怪，一只没有眼睛一只没有尾巴，真奇怪，真奇怪……”

蒙娜丽莎脸上的国旗

请问你去德国世界杯就是成天写这些鸡毛蒜皮的花絮吗？是的，我的任务就是在德国的大地上，跟在全世界球迷的屁股后面，捡烟屁股，然后用此处捡到的烟头，点燃彼处的荒原。世界是无须刻意寻找、发现的，它自会向你敞开，你只需走进去，像个小屁孩一样捡你的烟屁股。

当我在科隆大教堂前的广场捡烟屁股，蒙娜丽莎躺在地上向我微笑。德国对瑞典赛前，一个德国老哥们在教堂广场上画蒙娜丽莎：蒙姐的脸足足有七八米那么长，蒙姐的脸被涂上德国国旗的三道颜色。几个小时之后德国队获胜，一个小孩下跪，手里夹着一根烟，翘着屁股俯身亲吻蒙娜丽莎脸上的德国国旗。

关于蒙娜丽莎神秘的微笑，前不久有科学研究分析出了化学成分，据说绝大部分是高兴，但也有少量的不悦和不满。今天在科隆大教堂广场，蒙姐的笑也绝大部分是高兴，少量的不悦是因为没进更多的球，少量的不满则是因为下一个对手是阿根廷。

大教堂的另一侧是世界杯大舞台屏幕，那里是欢笑的海洋。而在广场另一边，离蒙娜丽莎和世界杯屏幕各有百米的地方，突然地狱的大门一扇接一扇打开，让每一个经过的人一下子笑不出来。那是一个从去年开始就天天持续进行的纪念广岛、长崎原子弹悲剧的图片展。一位老人举着一块牌肃立，表情凝重，世界杯欢乐的海洋中一块突兀的礁石，他仿佛仍然站在二战的废墟上。

这里本来就是二战的废墟。当年科隆大教堂周围的老城区几乎被盟军的炸弹夷为平地，但大教堂据说连一个弹片刮痕都没有。应该感谢盟军对上帝和文明的敬畏之情，以及他们高超的投弹技术吗？在科隆大教堂广场跪下来亲吻蒙娜丽莎的孩子，并没有注意到不远处，那些 1945 年烧焦的儿童尸体图片，图片旁边有一行字：“领袖们，请看一看这样的照片，请看一看你的孩子！”

但大家都在争先恐后挤进狂欢会场去看世界杯大屏幕，极少有人会在原子弹尸体旁驻足。凝视他人的苦难总会让人产生一种“原来我过得挺好”的安全感优越感，更普遍的人性是：在他人的苦难面前掉转过脸，走开。幸好当年勃兰特下跪，并不是为了亲吻德国国旗，幸好在德国的广场，还有这种自由流动的民间二战博物馆，幸好当英国球迷高唱“再轰炸一回德国”时，他们想的不过是让贝克汉姆进个球而已。

足球，提供了一个逃避苦难的乐园。

吉卜赛之歌

库斯图里卡的电影经常通过足球来触及社会主义记忆。《爸爸出差去》里，半导体直播南斯拉夫队对苏联队，最后南斯拉夫队赢了！而如今 *Go West* 响彻欧洲，苏联和南斯拉夫恍若隔世。

车上邻座身穿巴西队 T 恤的俄罗斯女孩对我说：即使俄罗斯队能来，我也不会穿他们的 T 恤。但塞尔维亚球迷穿的，却仍然是米哈伊洛维奇、斯托伊科维奇、米贾托维奇这些南斯拉夫老牌巨星的球衣。库斯图里卡与“无烟地带”乐队全球巡演，独独挑了布宜诺斯艾利斯那一场出版现场录音唱片加影碟，封面是从布宜诺斯艾利斯港口渡轮上升起的一个足球。

库斯图里卡歌颂马拉多纳，塞黑队却惨败给阿根廷队。南斯拉夫这个老美人已经离过六次婚，快赶上伊丽莎白·泰勒了。在盖尔森基兴，塞尔维亚球迷的战衣全都印着 Sebien，哪里有黑山？黑山在这支塞黑队中只有一个可怜的守门员，我也没见到有人穿萨维切维奇的球衣，这位我最喜欢的南斯拉夫球星现在是黑山足协主席。

赛后在塞尔维亚乐队演出的小舞台，我玩累后坐下来，发现桌上竟有一份塞尔维亚报纸，头版是塞黑队的世界杯报道，里面则是科索沃战事。一位老兄凑过来看报纸，很吃惊地问我是哪儿人，为什么在看科索沃？听说是中国人，他哈哈叫了声 Jackie Chan，然后拍拍胸口："我是科索沃人。"接着指着报纸上戎装的卡拉季奇："这是科索沃的本·拉登。"他是流亡德国的科索沃人，他指着另外三个同伴，两个是克罗地亚人，一个是塞尔维亚的科索沃人。当塞尔维亚人欢歌狂舞，两个科索沃人和两个克罗地亚人远远地，玩自己的桌子足球。

库斯图里卡电影《地下》的结尾深情地说："从前有一个国家，叫南斯拉夫……"说着说着大地开始分裂，不是分裂成不同的国家，而是分裂出一个小岛，在那个岛上，人们永远载歌载舞。肇始于南斯拉夫时代的斯洛文尼亚乐队“莱巴”（Laibach）曾经自创了一个虚拟的国家，自印护照和钞票，每个人都可以给他们写信，申请“入籍”这个乌有之国。库斯图里卡和“莱巴”，分别以自己的乌托邦来超越分崩离析的国家。

塞黑队0比6惨败，依照中国球迷苦大仇深的路子，赛后将发生下列事件：一、塞迷齐齐抱头痛哭；二、塞迷怒打阿迷；三、塞迷狂砸塞队大巴；四、塞迷在塞队下榻的酒店门口示威，有人下跪要求塞足协集体下课以谢国人；五、塞迷发动万人大签名，血书口号“还我南斯拉夫”。

然而没心没肺的塞尔维亚球迷在惨败之后马上狂欢，仿佛塞黑队那九十分钟的比赛，只是在给他们暖场。塞尔维亚仿佛集体出演了一出库斯图里卡式的巴尔干朋克喜剧：一支塞尔维亚大乐队开着巨无霸巡演车——拉着一个舞台！——浩浩荡荡杀到德国，转战塞黑队的三个赛地，专门在比赛结束当晚演出。八个管乐手加上吉他贝斯鼓键盘，男女主唱引领台下的塞族人高歌。阿迷和巴迷也围在一起，随着《吉卜赛之歌》起舞。什么叫“商女不知亡国恨，隔江犹唱后庭花”，我算亲眼见识了。塞尔维亚母亲哟，瞧瞧您这帮不肖子女吧，您刚刚被捅了六刀，他们却高兴成这副操性！瞧瞧您的女儿和阿根廷敌人勾肩搭背跳舞的骚逼样儿，瞧瞧这帮塞奸吧！

我曾在报上见过一张吓人的照片：一名坐在轮椅上的重庆球迷为了挽留李章洙，竟然从轮椅上扑通一下欲向李下跪。瘸腿的人究竟应该下跪，还是应该跳舞？我的眼前，一位塞尔维亚球迷拄着拐杖在跳舞。

这就是吉卜赛精神——把葬礼当做婚礼。流浪者没有国家，只有无垠的大地。

对秩序的狂热

世界杯犹如梁山泊聚义，就像《水浒》到最后，每一章末都附有一个阵亡英雄榜。每天都有人哀嚎：我的世界杯结束了。德国输给意大利之后第二天再次经过勃兰登堡门，我恍然看到四马战车上的女神高举着一块牌子——Closed。昨夜绵延数公里、数十万人扔下的成吨成吨的垃圾一夜间不见了——疯狂与文明，一个易如反掌的硬币。

就像一个人昨晚刚刚被捅了一刀，第二天一大早跟没事人似的捂着伤口照常上班打卡。足球流氓在这个夏天似乎都躺在摇篮里吃奶。柏林人选择在7月9日大决战之前逃离柏林去度假，有的人忙于在网上把球票卖给法国人和意大利人。

谁愿意去喝情敌的喜酒呢?

我该如何形容这将近一个月的德国之旅呢?美国的德国历史专家克雷格曾特别引用塔西佗和托马斯·曼的话,忠告人们不要随便去概括德意志民族。塔西佗认为德意志是一个“独特的、无混杂的种族,他们谁也不像,有的只是其本色”。托马斯·曼则指出:“德国人确实是难以下断语的民族……谁试图按西方的意识观念去改变德国,就等于试图夺走德国最精华与最重要的特质,夺走德国所具有的令人困惑的天赋,即其民族的本质。”对这种天赋的本质,我还是想尝试用一个矛盾修辞来形容:对秩序的狂热。这么说稍嫌大而无当,既可以用来解释第三帝国,也可以用来形容自家的花园。

但德国人的民族主义狂热,总是比其他国家的民族主义更令人警惕。很多外国人在德国的酒吧里暗自为意大利队叫好——“千万别让德国夺冠!”

在波茨坦的塞西琳霍夫宫,在当年罗斯福用过的一个书房里,在1945年美英苏三国决定战败德国命运的大圆桌旁边,一群德国中学生席地而坐,在这个决定战后德国命运的耻辱之地,静静聆听带队女教师的讲解。从1945年到2006年,德国人早已从自省与自强中重新崛起。克雷格曾在《德国人》一书中援引了1976年的一份德国中学生历史知识调查,题目是《我所知道的希特勒》。答案千奇百怪，有些学生认为：希特勒生于1819年；他是意大利人；曾参加三十年战争；第一次登月有他；1933年他之所以上台是因为击败了俾斯麦；他曾把纳粹党全送进了毒气室；他喝大量威士忌，唱大量的歌；他是一个共产党人；还有人认为希特勒为德国做了很多好事，因为他掌权时没有嬉皮士、摇滚乐和恐怖主义者…… 这份令人啼笑皆非而又毛骨悚然的调查激起了全德国的反省。三十年之后，人们不用担心如今的德国青少年对卡恩的狗了如指掌却不知希特勒是谁了。

2002年在日本，一位巴西记者冲刚刚输掉决赛的德国球员做了一个"希特勒万岁"的手势，克洛泽迅速回敬了一个中指。很难将德国人的世界杯狂热跟什么新纳粹扯起来，大名鼎鼎的光头党，请问世界杯期间谁有幸一睹其风采了？

战败后的德国从疯狂渐渐回复理性，时隔六十年之后，世界杯成为这个"效率民族"、"功能国家"、"理性社会"登峰造极的表现。当然德国人有时可能自傲过头。一位组委会的工作人员针对记者对交通、上网等问题的抱怨曾不耐烦地回击："我们办的肯定是历史上最成功的一届世界杯，肯定会比上一次亚洲人办的好得多，就像我们的车比什么亚洲的车好得多。"韩国现代是德国世界杯主赞助商，德国街头到处都是现代的广告，但街上奔驰的哪有什么韩国车？这位自傲的德国工作人员多少代表了某一部分“实用”过头的德国人——他们太喜欢把自己的国家和社会比喻成一辆跑车了，这样也容易将人等同于一个零部件，坚固耐用的另一面是刻板固执。对于秩序的刻板追求有时反而带来更多麻烦，这次世界杯的门票问题就是典型一例。

德国人需要的仅仅是多一点灵活性。德国人天生擅长盖房子，从申克尔的新古典到包豪斯的建筑，都是这个“功能国家”的完美写照。1920 年代，有一位叫门德尔松的包豪斯门外汉，设计了一个天文台命名为“爱因斯坦塔”，爱因斯坦走进这个塔后只用了一个词来评价这个怪诞的天文台——“有机的”（organic）。门德尔松的信条是：建筑应该追求理性与非理性、实用功能与审美价值的结合，也就是爱因斯坦所谓的“有机的”结合。“有机国家”比“功能国家”高明，正如“有机足球”比“功能足球”高明。

在德国坐火车从不误点，分毫不差。但在最后一次，当我买了票想从柏林去巴黎，火车竟然晚点了，而且晚了整整四十分钟，正当我困惑不解时，突然看到柏林总站那块原来写着“1954，1974，1990，2006”的巨大红牌已改为“1954，1974，1990，2010”。德国人没有晚点，他们已经提前出发。

柏林迷路记

唯有迷路，可以测量城市的深度……

带着一张最大的柏林地图，在柏林迷路，成了一个午夜游魂最大的奢侈。

那是德国被意大利淘汰的第二天。火红的夏天似乎已提前结束，或许只有秋天的落叶或者一场狂暴的冷雨才配得上德国人的心情。街道和广场一夜间空旷下来，原本每辆车上必插的德国国旗仿佛通通上缴了国库，清洁工像行刑队一样走向凯旋门。世界杯多么像爱情，有多少爱，就有多少垃圾，然而爱和垃圾，都可以在一夜销魂之后无影无踪。

于是，一辆无所事事的自行车，决定深入柏林的孤独。在夜幕降临的时候，我离开柏林墙小河边的酒吧，准备回到西边夏洛滕堡区的住处。从亚历山大广场到菩提树大街，再直奔博物馆岛，正当我埋头踩踏一路向西，身后忽然传来阵阵花瓣般飘扬的手风琴，这孤独的手风琴把我拉回到河上的桥。停下自行车，站在桥上，装作欣赏夜景，却一心凝神听那曲探戈，她坐着，琴盒打开，里面是零落的硬币。曲终，我问这面如皎月眼如寒霜的手风琴女郎：你从哪儿来？她说莫斯科，然后拉起手风琴，轻声唱起《莫斯科郊外的晚上》……

我突然很想用中文跟她一起唱夜色多么美，但我只是掉过头去：桥北是老博物馆，桥南是大教堂……夜凉如水的忧伤。此前在德国其他城市，在教堂门口，在广场，在列车上，我见过的手风琴卖艺人是罗马尼亚人、匈牙利人、南斯拉夫人，那些波希米亚流浪者，他们和这位莫斯科女郎一道涌向西方……但此刻不宜历史，不宜政治，不宜悲天，不宜悯人，只宜于歌唱，因为柏林就是莫斯科，手风琴就是月色。

这突如其来的莫斯科郊外的晚上，令我更愿意深入城市的黑暗而不是灯火，因为只有黑暗的心才更洞彻月色。一路向西穿过凯旋门又绕过议会大厦，我刻意选择一条没走过的静道，往幽暗的动物园驶去，这迷路的危险诱惑着我。突然听到一声又一声频率不一的蛙鸣，停下来一看，原来那个人工湖的对面，就是前几天我在地图上苦寻不到的艺术中心。两天后，巴西打击乐大师 Naná Vasconcelos 将在此演出，显然这是德国人早早为夺冠热门巴西预备好的狂欢盛典，但巴西人回家了，德国人也回家了，还会有谁来看？怎能想到在世界杯的火山旁，竟传来一声声蛙鸣。

当自行车漫无方向地游荡到胜利女神柱时，文德斯《柏林苍穹下》的天使纵身下凡。我知道我正在经过弗里茨·朗的柏林、莱尼·里芬斯塔尔的柏林、罗西里尼的柏林、文德斯的柏林、疾走罗拉的柏林……还有，本雅明的柏林。本雅明的单向街在哪？我曾经闪过寻访本雅明旧地的念头，然而历经战争的废墟，那条单向街或许只需在人心里延伸就足够了……或许就在我迷路的这个十字街口，本雅明，那个矮胖子也曾迷路，从灯火阑珊处向无边的黑暗深处走去，让妓女成为他的导游，打开城市神秘的网络。

当我向夏洛滕堡区一路驰去，已经彻底迷失。行人寥寥，即使有人从身边走过，我也不问路，只是一边看地图一边继续迷路，最后我骑上了惊险万状的天桥高速，望着下方轰鸣的列车和上方浩瀚的星河，有一句话划过脑海：柏林不属于德国，柏林就是世界。

最终，奇迹在午夜惊现：夏洛滕堡宫突然出现在面前。我在旅游书上领略过其金碧辉煌，弗里德里希一世和普鲁士国王弗里德里希大帝都曾住在这里，里面还有我喜爱的另一个弗里德里希——19世纪浪漫派大师大卫·弗里德里希——的画作。但夏洛滕堡宫更尊贵的主人是弗里德里希大帝的祖母索菲亚·夏洛特，一个美貌的艺术与学术圣母，在临终的床榻她留下如此遗言："我现在去满足我对事物起源的好奇心，这是莱布尼茨从未能替我解释的，比如关于空间和无限的造物主，以及关于存在和虚无……"

我不只舔到了世界杯的火舌，还摸到了它清凉的背脊。每一个城市都有其存在背后的虚无、疯狂背后的寂静，就像一场华美奢靡的婚礼上遗落的钻戒，静静遗落在落幕的黑暗角落。第二天我就要离开这个城市，无缘步入夏洛滕堡宫，但我更喜欢这午夜神秘的艳遇：Sophie Charlotte，当我念出这个名字，宫里的狗疯狂地叫了起来，直到我的单车驶出几百米，依然狂吠不已，这狗仿佛从 17 世纪囚禁至今……

（2006）

辑四

点杀

3月24日凌晨，巴萨客战皇马，梅西两度罚点球时，我一直闭着眼睛、捂着耳朵。

多年以后，在老特拉福德射进点球（真的有这等奇事！？）后，脑海会浮现初中时代的点球往事：一次点球决胜，我把球轰向蓝天；另一次，当队友射点球时，我可耻地转过身不敢面对。

1987年，前棒球手菲德尔·卡斯特罗曾向马拉多纳请教点球：

——请告诉我，守门员怎样才能扑住点球？

——站在球门中间，尽力猜对方会朝哪个方向踢。

——可这是很难的，同志。

——是很难。所以我们说罚点球就等于进球。

——哦！那请告诉我你是怎么罚点球的。

——我先朝前跑两米，等右脚着地，左脚欲射时抬头，这时我选好了方向。

——你说啥来着，你罚点球时眼睛不看球？

——看的。

——同志啊，人类的智慧是无限的。我常常问自己：人类的智慧结合肉体，未来能发展到什么程度。这是体育的巨大挑战。真难以置信，告诉我，你很少罚失点球是吗？

——我也罚失过一些。

假如卡斯特罗的老友加西亚·马尔克斯在场就好了，关于点球，只需念一下《百年孤独》那个著名的开头："多年以后，当奥雷利诺上校站在行刑队面前，准会想起父亲带他去参观冰块的那个遥远的下午。"

足球，俨然成为生死之间一把钥匙，茫茫虚无的一个圆点。福柯对点球有一个简单直接的形而上阐释：对死刑的模拟。

汉德克有一部多少让人想起加缪《局外人》的小说《守门员面对罚点球时的焦虑》，还被文德斯拍成电影。著名门将布洛赫以为自己被炒掉了，于是他在维也纳游荡，并莫名其妙地杀了一个女人，然后逃亡，这场冷酷得不动声色的历险最后定格在一个罚点球的镜头：布洛赫观看一场球赛，目睹一位守门员扑住一个点球。

想起现实中的一位门将恩克，他在职业生涯中扑出过不少点球，但最后他选择给自己行刑——在铁轨上自杀。布洛赫和恩克，一个杀人，一个自杀。守门员罚点球呢？那就是死刑犯转身变为刽子手——奇拉维特、布特、坎波斯、塞尼。或许等到塞尼退役，这类刽子手型的守门员将渐渐从足球场上绝迹。

点球，是我少时野球生涯的一个污点。我丝毫不害怕受伤，敢把小鞭炮捏在手里点燃，看着它滋啦滋啦冒火就是不撒手，玩的就是心跳，就让它在手里爆炸，然后举起疼痛的手指向小伙伴炫耀。有一次右手肘部骨折没好，像周恩来一样歪着手，我就敢上场比赛，那是初二，比赛在汕头市礐石岛上的金山中学举行。

全场比赛双方零蛋，于是互射点球，因为喜欢布置战术指手画脚，我被同学冠以“教练”绰号。然而指定本队五名罚球手及其顺序的堂堂“教练”身先士卒第一个主罚就放了个高射炮，导致最终输球。这个童年的噩梦使我在日后对那些罚失点球的球星满怀同情。

济科之所以成为我的伟大偶像，不仅是因为无与伦比的球技，还因为1986年世界杯对法国时那两个点球：带伤替补上场不到一分钟巴西就获得点球，济科当仁不让地上前主罚，却罚失了；最后点球决胜他又顶着巨大压力再度主罚，这次轻松罚进，但最终无法挽回巴西败局。在报上看到他说“我不记得这辈子我罚失过点球”，这竟然令我潸然泪下。

2012年欧冠决赛拜仁败给切尔西。罗本射点球时，施魏因斯泰格不敢直面而转身背对球门蹲下那副猪样儿，让我想到了儿时的自己，队友射点球时我比自己射点球还紧张。

我小时候非常害怕目睹死亡。每天一出家门我就必须面对新鲜的血，我住在同益路，家门对面就是汕头市中级人民法院。布告栏总是贴满死刑判决书，死刑犯名字上打一个叉，法院院长名字后则打一个血红的勾，以至于我看到勾勾叉叉的试卷，会下意识地联想到死刑判决书。

中国和越南打仗的时候，同益路街角每隔一阵就会张贴一个中国士兵最新阵亡名单——应该是潮汕籍的名单——记得好像是红纸上的墨黑毛笔字。我看完牺牲英雄的名单，再跑到法院布告栏看死刑犯的名单。我踢球最狂热的时期正逢“严打”，死刑判决书张榜后数日，就会贴出该死刑犯被押赴刑场枪决的系列图片，尤其是枪决后的尸体照片。多年之后，听好几个朋友讲过他们老家那会儿还组织学生去刑场看枪决，才知道汕头的学校还算人道。那会儿从我家去海滨人民广场的路上，会经过一个“严打”成果图片展，道路两旁堪称血流成河，晚上我必须目不斜视、鼓足勇气才敢一个人走那条路，甚至不惜绕道，在白天经过时也得做出若无其事的样子一边走一边哼张行的“我心里有个小秘密”——哪知道张行很快也因为流氓罪被“严打”了。2009 年在一次演出上看到张行唱《小秘密》，这歌唤起的不只是童年的甜蜜，还有恍如隔世的恐惧。

我就这样在群架和野球之间长大。感谢容志行古广明，感谢济科苏格拉底，在那个血腥的年代，足球或许拯救了很多少年，使他们避免成为少年犯。童年的足球记忆是跟一种叫“老乡黄”的饮料以及海上落日联系在一起的，那是用佛手熬制的一种热汤，专门卖给踢球的小孩解渴解乏。我们没日没夜地踢，跑不动的时候偶尔瞥见海上一轮浑圆的落日……最后一直踢到看不清球，只好停下来，呆呆地盯着头顶上的星空喘气。

在更早的年头，我对人世最初的记忆散发着“文革”的呛人气息。邻居有一位疯女，她的房间离我的房间只有两三米，她不发作时，我每天在她的“文革”歌曲声中入睡，她发作时，我在她的嚎哭和咆哮中看书。成长就意味着学习在幽灵和疯子中间生活。上大学后第一次回老家，才知道爱唱“文革”歌曲的女孩已经投海，她是我的红歌启蒙人，我熟悉她唱的很多歌，尤其是《革命人永远是年轻》和《万泉河水》。

我对汕头海滨广场最早的记忆是群众批斗大会：附近电影院楼顶高高架起的机关枪对着广场，主席台上是五花大绑的死刑犯。当时有人吓唬我说犯人就是在广场中央枪毙的，后来又有长辈说是押送到郊外枪毙，但广场上确实枪毙过人，不过是更早的事了。很多城市的体育场或广场历史上都曾经做过刑场，陈熙荣教练告诉我：广东队以前的主场省体育场，也就是从前的东校场，曾经就是个刑场。

球场即刑场，这是二战著名传奇故事：当地球员或者囚徒和纳粹比赛，赢球之后被当场集体枪毙。尤其在东欧和以色列，这样缺乏史实佐证的故事广为传播，人们需要虚构这样的传奇故事来建构国族认同，足球被一举提升为英雄史诗，足球甚至成了战争的一部分。最戏剧性的情节是：一个守门员扑出了敌人的点球，从而葬送了自己的生命。

在希腊奥林匹克传统之外，有另外一个所谓“异教徒”的传统，其中游戏和献祭密不可分，竞技体育和赌博也密不可分。如果说古罗马角斗士和中世纪骑士的游戏更像是杀人游戏，那么在拉美的中世纪，这种杀人游戏的竞技体育味道要更浓。印第安人的球赛——也被称为“球戏”——输球的人往往要被斩首祭神。

墨西哥尤卡坦半岛的奇琴伊察有一个最大、保存最完好的玛雅球场，资深球迷习近平去年夏天访问墨西哥时去过这个球场，而我是 2007 年去的。阿兹特克人后来继续使用这个球场，直到王国灭亡才被废弃，但没有遭到明显破坏。玛雅人在 7 世纪发明了一项匪夷所思的球类运动：不许用手，也不许用脚，只能用膝盖、肩部、背部还有臀部触球，能否用头顶，史家对此仍有争议。“球门”是石墙上一个雕着蛇形的圆环，球是橡胶做的，接近于排球，把球顶进这个比球大不了多少的圆环就算破门得分。每队七人，至于比赛的阵型战术就不得而知了。今天我们在个别像小罗或内马尔这样的巴西神人那偶尔还能见识玛雅人的类似奇技淫巧——但用屁股玩球，那屁股得多翘啊？！这种球赛应该称为“臀球”，但也许称为“死球”更好。

每座玛雅城市都有球场，那是玛雅人举行公共集会、阅兵、宗教祭祀的场所，而球赛则属于宗教祭祀仪式一部分，是祭祀前的娱乐，但这种娱乐是为宗教祭祀的高潮服务的——决定谁是祭品。对玛雅人来说，球象征太阳和月亮，也象征战神的心脏。而输球者则成了被神厌弃的人。在球场边令人眼花缭乱的石墙浮雕上我好不容易找到这么一个场景：输球的球员脑袋被砍下来当祭品。赢球者不单可以占有输球者的家产，还被允许当场抢掠观众身上的财物（不过我猜观众有备而来，恐怕只会在钱包里放五毛钱）。贵族们也可以押赌球赛，从宝石到奴隶都可以押上。一场有趣的球赛往往演变为血腥的狂欢。古代印第安史上最大也是最后一场球赛实际上也是一次占卜和豪赌，那是 1519 年，西班牙殖民者进犯时恰逢地震，阿兹特克国王蒙特祖马怀疑这是神意，便请一位部落酋长与之举行一场球赛，结果蒙特祖马 2 比 3 输球，于是就此将王国拱手让给白人。

我抚摸了那个生死之门，那个雕蛇的圆环，发现它原来是空心的，这个脆弱的圆环居然能挺过一千多年。我在奇琴伊察正午的烈日下，在空空荡荡的球场上游荡，想象那些在输球后被斩首的印第安球员，也想起童年广场长长的阴影。

或许当年我在法院门口放炮，在广场踢球，都属于鬼影幢幢的童年某种驱邪狂欢的仪式。球场即刑场，你射进点球的那个要命的地点，可能枪毙过人。而机关枪和死刑犯的广场也是恋人的广场，有一次午后，我一个人来到空空荡荡的广场，看到自己长长的影子，还有一个浅红花布胸罩。

也是在这个广场，我第一次感到自我的分裂，在体力透支时，一阵可怕的空虚袭来，灵魂出窍，正盯着自己疲惫的肉体出神呢。我记得十四岁那个魂不守舍的下午，甚至记得那天踢球前我在外马路新华书店买了一本《歌德中短篇小说集》，这本书现在还在我的书架上。我不得不努力说服自己踢下去，正踢着，听见一声喊叫——“撞死人了！”同伴纷纷冲出广场向游泳馆的方向跑去。我不敢去。同伴回来说：“就是刚才踩单车过来问我们跟不跟他们一起踢的那个家伙，给撞死了。”没错，我依稀记得有个哥们把自行车停下，看了一会儿我们踢球，而一分钟之后，他就从这个世界消失了。后来我在学校的交通规则警示栏上赫然看到了车祸现场：在游泳馆大门口有一摊血，他的裤子被车拽拉下来，露出一大半白白的屁股。

我在汕头市人民广场踢过很多次点球，在射高那个致命的球之后我射点球再也不用大力射门了，都是佯装踢向左下角，虚晃一下射向右下角。没想到多年之后会在老特拉福德射点球，那是 2010 年 3 月 22 日英国时间下午——在此之前我已经有六年没碰过足球了。中国和泰国各四位媒体人士在曼联和利物浦的英格兰德比大战中场休息时受邀出来点球决胜。

赛前参观了曼联博物馆。我端详着一双1930年代的球鞋，它厚重得完全可以一脚踢死人，它就晾在那儿像是刑具，分明代表它早已死去的主人对我说话：“傻逼，不服是吗？踢死你丫的！”它的主人已被遗忘，而它是永恒的，一双球鞋就这样隔着玻璃，对我们发出永恒的咆哮。我又看了乔治·贝斯特的进球精华，这是足球地狱中我最喜欢的一个优雅的死鬼。最后，我在1958年慕尼黑空难纪念室被震住：一边是遇难者的照片，一边是幸存者的照片，这样的排列方式让人倍感生与死的荒谬透顶，就像互罚点球，生死连一念都谈不上，似乎上帝才是裁判。

上半场进行不到半小时，我们就被曼联工作人员带到一个地下通道出口处等待中场哨响。我只能透过狭窄的铁门看到中圈弧那一截，只能看到两边球员的脚在中圈绞杀，只能看到贝尼特斯的大屁股晃来晃去，我们就像地牢里的囚徒，正准备被放出来杀人。我穿着曼联7号球衣——上面印着我的大名缩写ZXZ，球裤也是曼联的，球鞋却是巴西队的耐克鞋，上面有五颗星。我冻得直跺脚，看了看地下通道两侧的百年老照片，才知道今年是老特拉福德建成一百周年。中场结束哨响，大门开了，阳光和歌声汹涌而至。抬头一见七万多人人山人海像一百年前那些死鬼一样兴高采烈，准备看一个多年没踢过球的傻逼从中国万里迢迢飞过来踢一个狗日的点球。

前面的泰国人和我的中国队友，有的射失，有的射进。我就站在他们身后，盯着他们的脖子，唐鲁孙写过一个老刽子手，跟他说："干我们这一行有个坏毛病，不管跟谁在一块儿走，总让人先行一步，多看人家颈椎骨怎么长的。这倒不是对谁有恶意，因为从小习惯使然，您说有多讨厌。"我环顾了一下四周，但没有再多看，尽量把视线放在罚球上。

我听见球场广播在喊我的名字，并以夸张地口气宣布"他最喜欢的曼联球员是 Roy Keane"……我听见利物浦球迷冲我发出嘘声，而这嘘声又被曼联球迷欢呼的声音盖过。我把球放在罚球点——上半场鲁尼曾在这儿罚点球，被雷纳扑出后补射入网，而鲁尼罚球前，不满裁判的托雷斯曾狠狠地把罚球点的草踢飞了一撮。

我冲曼联青年队门将微笑并冲他竖起右拇指——我怎么会做这么个动作？这实在酷毙了——那哥们一脸无辜的傻笑，于是我助跑，做了那个佯右实左的大幅度假动作，用右脚脚内侧射出一个低平几乎贴地的球，他扑错方向，球撞门柱内侧，我射进了平生最轻松的一个点球。

全场爆出"哗"的一声——或者是"轰"的一声？——我故作镇定地向观众举起右手，又激起一阵掌声。退场的时候好些曼联球迷围过来跟我击掌相庆，他们的笑脸，就像他们一百年前的先祖——那些脸上带着煤渣的矿工——一样，噢，老特拉福德，爱的亡灵蜂拥而至，那些老红魔!

汉德克的《守门员面对罚点球时的焦虑》最后，作为杀人犯的著名守门员布洛赫在围观别人罚点球：

“当射手起跑，正要踢球时，守门员的身体就不自觉地预示着他即将往哪个方向扑出去。这样的话，射手就可以从容地往另外一个方向踢了。”布洛赫说，“守门员或许同样无计可施，抓不到什么救命的稻草。”

那射手突然起跑了。穿着鲜黄色球衣的守门员站在那里，根本没有动，罚球手将球踢到守门员的手里。

那射手应该向我学习，学习我的假动作。

生命，或许不过就是面对死神的，一个假动作。

（2010，修改于 2014）

屌丝之爱

这个世界真是属于靓仔的。网络 bbs 刚兴起那阵子，足球写手喜欢给自己起各种煽情的名字，尤其是女球迷，什么“深爱巴乔”、“深爱巴蒂”，但我最喜欢的一个家伙，叫做“深爱查德威克”，诸位还记得查德威克吗？

请百度一下这位曾经的曼联中场的长相。他曾经一度有可能成为贝克汉姆在曼联右路的接班人。但即使他也有一脚圆月弯刀，也休想在曼联立足，除非他有吉格斯的技术。查德威克注定难以成功，曼联球员的长相应该以加里·内维尔为底线，但查德威克可能跌破了人类足球史的底线。

深爱查德威克，乃是捍卫屌丝的尊严。

没办法，这是一个势利的世界，高富帅垄断一切。在贝克汉姆梨花带泪楚楚怜人告别绿茵的同时，死对头西蒙尼率领马德里竞技击败皇马勇夺国王杯，这是继去年夺得欧联杯之后他的又一伟业。但是有多少人关注这位丑得极有风骨的潘帕斯铁汉？赛后所有报道都集中于失败者穆里尼奥，他和贝克汉姆一起占据了第二天的版面，西蒙尼这位新晋的顶级教练连条缝都挤不进去。这充分说明，只要你长得足够靓仔，甚至成王败寇这一铁律，也不是不可以逆转。

西蒙尼恰恰也成就了贝克汉姆。正是1998年的狗血剧情，推动了小贝好莱坞般跌宕起伏的足球生涯，那张红牌也成就了阿迪达斯的那个贝克汉姆经典励志广告。

后来贝克汉姆去了皇马，有部关于他的传记叫做《白天使》——那真是一个肉麻的名字，把小贝说得即便不是个花瓶，也是个插满白玫瑰的圣杯。然而，罪与罚对当代亚文化的英雄形象来说，就像是给肉汤加胡椒粉，从穆鸟到巴神莫不如此，这才是酷文化的奥妙所在。贝克汉姆固然是好孩子，但假如没有被西蒙尼讹出来的那张红牌，他未免洁白无邪得太无趣。

贝克汉姆出身于工人阶级——和弗格森一样——而现代足球运动，本来就源于英国工人阶级。如今不管弗格森多么爵爷，不管小贝多么绅士，不管俱乐部多么富得流油，不管老特拉福德的草坪多么漂亮，都别忘了英国足球源于烂泥地里的肉搏。

贝克汉姆足球生涯的第二个里程碑事件，是眉骨挨了弗格森的那一记千载难逢的飞靴，如此赤裸裸的暴力，也是英国足球的本色。贝克汉姆天生说话娘娘腔，但如此暴虐的足球环境，怎么可能容得下一个花瓶？贝克汉姆不得不在花瓶里插一把铁锹。

贝克汉姆睡觉的口水和弗格森吐掉的口香糖，俨然都能成为大众文化流行文化的圣物。

2004 年，英国艺术家伍德经过与贝克汉姆经纪人长达一年的谈判，获准进入皇马的贝克汉姆休息室，拍下小贝午睡的全程，这个名为《大卫》的将近两个小时的片子后来在伦敦国家肖像艺术馆放映：贝克汉姆赤裸上身，辗转反侧，甚至吧咂着嘴，疑似流口水……

这是一个安迪·沃霍尔式的波普艺术录像作品，又呼应了米开朗基罗的《大卫》。与文艺复兴的崇高相比，当代流行文化放大了明星的光环，而伍德的作品把明星还原到凡俗生活场景。

弗格森告别足坛之后第二天，eBay 上赫然拍出用有机玻璃和木盒装着的一块吐掉的口香糖："弗格森爵士的最后一块口香糖，2013 年 5 月 19 日"。神秘卖家宣称这是弗格森嚼过的口香糖，来自西布罗姆维奇队山楂球场，拍卖的所有收益都将用于曼联俱乐部的慈善机构。

短短一天时间，这一小坨口香糖居然就已被炒到了15.06万英镑的天价。你也可以把这当做杜尚《泉》一般的反讽式作品。但足球并非池中物，无论是小贝的口水，还是爵爷的口香糖，都充分显示：足球乃是烂泥里的圣物，不管它在空中划出多么美妙的弧线，它始于烂泥，终于烂泥。

这就是为什么满嘴脏话的弗格森会被王室册封爵位，足球是弥合——虽然有时候也加剧了——阶级矛盾的最佳游戏。如今那些被他骂过的记者都在怀念他的粗口连篇，而球员更加怀念他的吹风机，在他退休之际，媒体甚至做了一个吹风机造型的蛋糕作为赠别礼物，因为爵爷也善于用吹风机来对付记者。

这也是为什么弗格森那么喜爱穆里尼奥，甚至会亲自打电话通知这位忘年交对手，自己要退休了。多数老一代教练都不喜欢穆里尼奥，尤其是贝肯鲍尔一直指斥他毫无教养，但英国足球的烂泥肉搏传统更看重斗士而非绅士，所以英国远比西班牙适合穆里尼奥。在马德里，穆里尼奥动辄被指责"破坏皇马百年传统形象"，皇马人放不下贵族身段，把伯纳乌当成了圣殿，而英超却是一个牛逼不问出处的丛林世界。

但我们也不必太在意弗格森这样的亿万富翁的政治观

点，尽管他曾经是工党的铁血拥趸，正如我们也不必再将Oasis当做什么无产阶级乐队，尽管他们成名时上颁奖礼都要高呼一声人民万岁。至于曼城队，当他们花掉几亿英镑才总算在时隔四十四年之后重新获得顶级联赛冠军，我们究竟该用屌丝逆袭还是暴发户发迹来形容他们？足球早已变成一个烧钱炫富的游戏，只不过它又属于商品社会中的象征领域，一种壮观恢弘的真人秀。

小贝在洛杉矶银河的队友多诺万曾经指责他从不掏钱请队友吃饭——而很多队友收入不够他一个零头。这让你我这样的屌丝深感亲切：原来小贝也跟咱一样吝啬鸡贼嘛。小贝倒是曾经请英格兰队队友吃饭，不过主餐不是大龙虾，而是据说美味无比的土豆泥。阁下明明知道贝克汉姆和鲁尼跟你老人家的贫富差距在不断拉大，而球票也越来越贵，但你还是愿意掏腰包去继续维护一个“一切都没变”的幻觉，继续做一个古老的世界大同美梦，仿佛贝克汉姆跟你一起在吃土豆泥喝豆子汤一起流哈喇子，而他的眉头上跟你一样，有一道被老板揍出来的伤疤。

在一个越来越日新月异光怪陆离的花花世界，人们通过足球这一集体仪式，一再重新确认一些传统价值，例如忠诚、英勇、团结……它是重建文明的仪式化追求，也是撕下文明假面的原始力比多。而这是撒切尔夫人难以理解的，足球这项英国土产跟她毫无缘分——她差不多就是摇滚和足球的经典敌人——这也是为什么她的葬礼会成为有些人的节日。

铁娘子重振了社会经济，却无视社会心理，无视一个由无数 loser 组成的世界。而足球是 loser 的安慰剂。

巴萨本赛季提前夺冠之后，一帮球员一起合影，在镜头前伸出手指，炫耀自己夺得联赛冠军的次数。法布雷加斯是最寒碜的，他的好基友皮克一只手都不够用（因为他在曼联也拿过联赛冠军），而小法只能怯生生地伸出可怜的一根指头。假如他继续留在阿森纳，或许这辈子他只能举起十个脚趾头。

阿森纳已经八年无冠，导致很多阿森纳球迷被逼成了偏执狂，他们希望温格滚蛋，而全然不考虑自己会成为阿森纳球迷正是要拜温格所赐；他们既希望阿森纳不要进前四，以逼迫俱乐部痛定思痛大换血引进大牌球星，又担心一旦失去欧冠资格大牌球星压根不想来。这种患得患失的偏执狂心态，是因为他们对自己的定位乃是豪门。

著名的阿森纳球迷、英国作家尼克 · 霍恩比写过一部球迷回忆录《极度狂热》，在 2005 年的新序中指出："任何一个在温格执教以后才观看阿森纳比赛的年轻人，读了这本《极度狂热》，都可能会感到很纳闷，甚至会觉得有些可怕。不过，年轻人，别担心：过去那些糟糕的情形是不太可能很快重演的。”可是话音刚落，阿森纳就从 2005 年蹉跎到现在，以至于连一个联赛第四，都能让阿森纳球员像夺冠一样疯狂庆祝。

《极度狂热》写的是 1968—1992 年的阿森纳岁月，大部分是无望乃至绝望的岁月，而这就是这本书比那些足球英雄史诗流水账伟大之处：它研究了屌丝球迷的灵魂秘密，研究了那种绝望的爱。这样的爱超越了胜负，却绝对迥异于什么奥林匹克体育精神，只能说，愤怒和痛苦，都是很容易上瘾的，那是一种困兽犹斗的屌丝之爱。

英国足球的风格，英国阶级分化的社会结构，以及根深蒂固的地域和社区观念，特别有助于培育这种刻骨铭心血浓于水的屌丝之爱。但当酋长球场的门票已经涨到英超最贵，而 2011 年爆发骚乱的伦敦东北部地带，靠近从海布里到酋长球场的阿森纳地盘，至少在这里，社区与足球的关系已经有所淡化乃至分裂，阿森纳球迷正在经历一次从屌丝到白领的进化。

阿森纳在倒数第二轮大胜维冈，将他们踢出了英超，而维冈在此之前四天刚刚击败曼城夺得足总杯。这就是英国足球的不可思议：一支降级球队夺得足总杯。乔治·奥威尔曾经作为记者去维冈探访，写出一部描述旷工黑暗生活的《通往维冈码头之路》，如今维冈竞技队可以写出一篇新的《通往维港码头之路》。这个曼彻斯特与利物浦之间的衰落小城，继续谱写了英国式足球神话：屌丝逆袭，通过足球的决斗游戏，象征性地颠覆社会权力结构。

但是我们又如何解释那种对于一支永远不可能夺冠，甚至永远不可能升级，甚至连获取一场胜利都很不容易的球队的赤胆忠心？在《极度狂热》初版前言中，尼克·霍恩比说他一个朋友独自去看温布尔登预备队和卢顿预备队的比赛，他指出："并非出于攀比或自嘲，也无关少年的古怪轻狂，而是因为他真的感兴趣——最近他对我坚决否认自己是个古怪的人。"

正如每一个丑陋的怪蜀黍都可以做萝莉梦，每一支烂队也都会有自己的拥趸，为了避免这个靓仔话事的势利世界令我们一头撞死，人们发明并发展了足球。

Muse 乐队贝司手 Chris Wolstenholme 是罗德汉姆联队的粉丝，那是一支第四级别也就是乙级球队。罗德汉姆队成立于 1870 年，这支历史悠久的球队 2006 年濒临破产，不得不发起一个名为"拯救我们的矿工"的募捐活动，好几支邻近球队都捐钱救济，但是他们还是因为债务问题被扣分。Chris

伤心地表示，等他赚到更多的钱，一定会把罗德汉姆联队买下来，然后把球队口号改成"FUCK OFF"。这就是英国足球的矿工血脉。

最刺激的伦敦德比，不是阿森纳对切尔西或者阿森纳对热刺，而是米尔沃尔和西汉姆的伦敦东区德比，老雷德克纳普眼中"应当被永远禁止的比赛"，通过那部叫 *Hooligans* 的电影而更加恶名远扬。这样的比赛似乎更应该转播看台乃至场外——主角成了球迷。但为什么戳人眼睛的穆里尼奥饱受追捧，而那些偏执狂屌丝球迷就是永世不得翻身的人渣臭狗屎？我并不是要为足球流氓的暴力行径辩护，但是文明世界的偏见和歧视，恰恰更容易制造足球流氓——Hooligans 一词也就是这样被翻译成了"足球流氓"。

我最喜欢的英国足球队歌，不是《荣耀属于曼联》，不是《蓝月亮》，不是《你永远不会独行》，而是米尔沃尔的《没人喜欢我们，但老子不在乎》（*No One Likes Us*，*And We Don't Care*），最初是以罗德·斯图尔特（Rod Stewart）那首著名的 *Sailing* 为旋律动机。不过后来改编得面目全非，现在最出名的版本是典型的朋克战歌，The Business 和 Condemned 84 这两支光头党朋克乐队都演绎过。尼克·霍恩比觉得这队歌有一点夸张，并认为如果有谁要唱，那也应该是阿森纳球迷。

但假如连海布里球迷都觉得姥姥不爱舅舅不疼，那米尔沃尔球场岂不成了万人坑？

屌丝之爱，是对自己命运的认同和尊严的捍卫，或许，这才是伟大的爱，不管是屌丝逆袭还是自暴自弃，都甘之如饴。

这样的Hooligans和朋克天生臭味相投惺惺相惜。1998年盘古乐队的敖博经常跑到南方都市报办公室找我，要么借点钱要么自力更生写点音乐小破稿给我拿去换点稿费。他并非球迷，但喜欢在我办公室跟我们一起看世界杯，整个办公室自始至终响彻他的淫笑。有一天他竟然写了一篇破稿，题为《我们热爱挪威队》——大概从挪威队身上他看到了他喜欢的潘多拉乐队的气质：狂暴超载，蛮不讲理。而盘古鼓手赵志辉也不甘示弱划拉了一篇破稿，他的态度更为直接，题为《我们热爱英国足球流氓》。

当然，这屌丝之爱没能换来一文钱，它们的归宿只能是废纸篓。

(2013)

又及：2014年4月5日，英国朋克鼻祖级乐队The Adicts来上海演出，顶楼的马戏团乐队吉他手梅二采访了他们。这班“小丑”宣称，在搞摇滚乐之前，他们都是足球流氓，至今仍然是桑德兰铁粉。Adicts 吉他手说：“妈的，我喜欢的球队真他妈烂！十八场没赢过球了。”他还骂：“现在的足球队对普通人来说太不公平了，门票太贵，已经不适合大众了。”

阳门阵

我不是英格兰队的粉丝，却是英格兰球迷的粉丝。自从“文化大革命”——呃，1966年——以来，英格兰队能做的，似乎就是一次又一次向自己的球迷鞠躬。

意大利最大的亮点是皮尔洛，连英超超级烂仔巴顿都在推特上宣称要为他生孩子（顺便说一句：巴顿作为球员或许不够优秀，但他真是个伟大的球迷，嘴巴比脚头厉害）；而英格兰的最大亮点，则是在迪亚曼蒂罚最后一个点球时，球门背后，一位身穿英格兰门将服、悍然露出爱国主义鸡鸡的球迷。

篮球比赛大家一齐挥动棒棒干扰对方罚球，属于合法行为，人人乐此不疲，以至于假如你老人家罚球时居然没有人挥动棒棒，而个个正襟危坐，你没准反而会因为不适应而罚失。

但足球就未必了，因为球门后面观众太多了。球员过于专注过于紧张，估计没谁注意到英国球迷的小鸡鸡，从照片上看，似乎连近在咫尺的球场保安都没注意到。意大利的亮点其实不只是皮尔洛的勺子，而是普兰德利敢于让缺乏大赛经验的迪亚曼蒂罚最后一个点球，而且罚得漂亮。英国球迷无辜的鸡鸡，白露了。

不知意大利其他球员罚球时那位仁兄有没露械，不知蒙托利沃罚失有没有他的功劳。据说蒙兄可能是 gay，或许他不幸注意到那个该死的家伙？……嗯，我没有调侃 gay 的意思。

我当然更没有歧视女性之意。这种露阴抗敌的战术通常露的是女阴，吾国古代誉为“阴门阵”。这种战术据说国外军事史也有，但以中国的记载为多。最著名的是鲁迅在《朝花夕拾》中写到保姆阿长的回忆：“城外有兵来攻的时候，长毛就叫我们脱下裤子，一排一排地站在城墙上，外面的大炮就放不出来，再要放，就炸了。”从太平军到义和团，阴门阵一路发扬光大。

脱裤抗敌的记载最早见于清人张廷玉所撰《明史·李锡传》：“贼奔大巢，亘数里，崖壁峭绝，为重栅拒官军，镖弩矢石雨下。妇人裸体扬箕，掷牛羊犬首为厌胜。”说的是万历元年，李锡奉命围剿瑶民义军，义军令妇女脱光衣裤，还抛掷牛羊狗头来对付官军的镖弩矢石。所谓“厌胜”，不是讨厌胜利，“厌”此处念 ya，通“压”，有倾覆、压制之意，厌胜就是厌而胜之，以巫术手段达到目的。

阴门阵堪称中国传统烂污之最。女阴被视为污秽所在，而孕妇的阴部就更等而下之——似乎大伙都不是从那个地方出来的。张献忠在攻城前杀死数百孕妇围绕城墙倒埋着，只露出阴部，目的就是让官军打哑炮。

义和团进京的时候，有士大夫认定义和团没有攻下使馆，是因为鬼佬在使馆内使出阴门阵，让成群妇女赤身裸体抱团，令外面枪炮箭镞通通失灵。清末进士华学澜著名的《庚子日记》有更令人哭笑不得的记载："本日为拳民荡平西什库之期，摆金网阵，惟洋人有万女旄一具，以女人阴毛编成，在楼上执以指麾，则义和团神皆远避不能附体，是以不能取胜。"阴门阵在腐儒的想象中一举进化为阴毛阵。江西省原副秘书长吴志明阅女无数，喜欢收集阴毛贴到性爱日记里头，估计制成阴毛扇，也能抵挡资产阶级思想的糖衣炮弹吧。

如何大破阴门阵？以枪炮箭镞强攻不行，就得另用邪术克之，最合理的就是以阳克阴。清代士大夫还记载过一件有趣的阴阳大战：王仑起义以阴门阵攻打清军城池令清军哑炮，清军统帅一气之下令手下士兵剃光鸡巴毛，把鸡巴毛一把一把塞到大炮里，立马炮响！王仑又祭出阳门阵，让十五岁以上的少年裸体闪亮登场拉弓射箭，清军最后没办法也祭出阴门阵回击，让群娼出列，终大获全胜。妓女的阴部，比起孕妇的阴部又更胜一筹。

归根到底还是以阴克阳阴盛阳衰，在古代战史中，阴门阵比阳门阵显然地位要高得多。

男人公然对女人露械，属于暴露狂性骚扰。男人对男人露械，而又不是基佬，那就是一种莫大的人身侮辱。世界文明史最经典的露械先驱非荆轲莫属，刺秦失败后，“轲自知事不就，倚柱而笑，箕踞以骂”，蹲踞若簸箕状，以秦时服装风格，如此不雅体态自然是要露械的——露械并做出恭状，乃是双重羞辱。

那位英格兰球迷露械无非想达到三重目的：迷惑视线，侮辱对手，邪术镇妖。

但那也是紧张的自我纾解，绝望的自我救赎。我喜欢这傻逼，他比那些使用激光笔偷袭对手的家伙光明磊落得多。国际足联和欧足联会处罚激光笔，却没有处罚裸奔或露械行为。要搁在中国，耍激光笔的肯定没事，但在球场露鸡鸡，轻则拘留十五天，重则劳教一两年——扰乱公共秩序罪以及流氓罪！一个阴门阵传统源远流长的泱泱古国，绝不可能容忍阳门阵。

本特纳为了给博彩网站做广告露出内裤，也远比这位为国露械的球迷可耻。如果本特纳敢让内裤也掉下来让我们瞧瞧他那玩意儿——可以把广告文在那上面——那才够汉子。

而神通广大的《太阳报》后来找到了这位三十五岁的球迷蒂姆·奥莱利。奥莱利披露,其实他当时是在球场的另一边,为了赶上点球决战,他和另一个同样身穿英格兰门将服的朋友连忙跑过半个球场,及时出现在哈特身后的看台。这哥们声称为了赶到这边看台差点跑到心脏病发,脚都磨出了水泡。他们穿门将服,本来就是为了扑点球!

你会以为奥莱利肯定是个烂仔,错了,他是一家贸易公司老板,住着价值六百万镑的豪宅,再过两个月就将成为一对双胞胎的父亲。奥莱利的老婆一点没怪罪他的义举,只是觉得很好笑。没错,好笑,这就够了,英国球迷这回没有闹事,留给大家的唯有歌声和笑声,最后拉上裤子带着爱国主义鸡鸡完好无损地回家。要知道并不是每个男人在老婆怀孕的时候,都懂得如何正确地使唤自己的小弟弟。

当然我也有点怀疑奥莱利是《太阳报》派来的——这种坏主意对这家超级小报来说不算新鲜——不过奥莱利的中产阶级老板身份绝对可信。英国激进球迷——包括足球流氓——也在日渐从底层工人阶级向中产阶级转化,中产阶级的比例越来越大,他们越是在日常生活中人模狗样衣冠楚楚,越是需要去足球场发泄。事实上，足球场真的比地铁安全保险多了，不信您在地铁里露一个试试。

阳门阵实在太碍观瞻太需要马赛克了，那么露臀是否强点？足球史上最著名的露臀事件发生在 80 年代伦敦朋克球队温布尔顿的主场，在队长维尼 · 琼斯的带领下，十一名球员悍然一齐拉下球裤露臀——有的傻逼还昂然撅了起来——向自己的球迷致敬！维尼·琼斯后来成为影星，以《两杆大烟枪》永垂青史。

(2012)

又及：迪亚曼蒂如今转会恒大，以后他在客场罚点球的时候，不妨拭目以待。

失节

有一天深夜，我的朋友叶三发了一条微博："我要永远这样陪伴你，因为我最知道你的痛苦。"引来狂蜂浪蝶般的留言，都只当三姐是深夜花痴发骚。

前不久我在广州方所书店的讲座上又念了这句三姐金句，问大家是否有人知道这句话的出处，在场将近两百号人，沉默。

时代变了，同样的话语，语境一变味道全变了，关键是世道人心变了，媒介以及人的社会交往方式变了。而崔健《一块红布》这一句，当年曾令被斥为"痞子文学"祖师爷的朔爷痛哭流涕。

上海乐队"顶楼的马戏团"吉他手梅二在电视台工作，最近拍摄访问了好些他以前的偶像，比如库斯图里卡，比如崔健。他跟我说：我就差巴蒂斯图塔没见过了。巴蒂的铁粉多为女生，没想到这么个膀大腰圆的糙老爷们也爱巴蒂。但我不得不狠心打击他："巴蒂其实是个烂人"这样的人除了踢球，是成不了什么大事的，不信看看他退役后成了什么大事。一位记者告诉我，有一次他们几位记者走近巴蒂向他问好，并准备向他提问，没想到巴蒂冲他们伸出指头做数钱状，意思是要采访费。这个猥琐的动作一下摧毁了记者们对他的美好印象。

梅二说他再也不相信爱情了。

巴蒂斯图塔在佛罗伦萨的地位简直直逼米开朗基罗，或者说他一度成了世界足球史的关公，但最后他还是离开佛罗伦萨关帝庙，去罗马拿了一回意甲冠军。

但我宁可喜欢被讽"人尽可夫"的维埃里。他面对的是一个更为动荡的世界，足球越来越沦为交易所，他成为转会自由制度的得益者——但可能也是牺牲品。几年前在接受我采访的时候，维埃里懊悔地说：假如时光可以倒流，他愿意哪儿都不去，一直待在自己从小心爱的尤文图斯。在澳大利亚的童年时代，他就是一个尤文死忠，那时候在他眼里意大利只有尤文。

多像一个浪子在追忆初恋。初恋惨败之后，难免就破罐破摔了，维埃里的情史跟他的转会史一样跌宕多姿。他和马尔蒂尼合开的服装休闲品牌在北京开店（后来不幸关闭了），送了我T恤和帽子，不过帽子居然是绿色的。我告诉他，这种颜色的帽子在中国是卖不动的，你还是送给别人吧。陪他来中国的王勤伯笑说："你给你的朋友戴完绿帽子，就跑到中国来卖绿帽子啦。"维埃里明白了，呵呵一笑。他当时的女友，确实是从一位哥们那儿撬来的。

性史如此多娇，贞节牌坊当然越来越少。英国报纸最热衷揭露球员混乱不堪的情史性史，而英国球迷又太热衷于指责球员对俱乐部的背叛，这正是英国佬国民性有趣的分裂。试想阿什利·科尔这么个成天出轨的主儿，怎么可能是一个对阿森纳守身如玉的人？这就像硬要从秋裤的裤裆里，掏出一颗海枯石烂的钻戒。狗仔喜欢报道某个大波妹既睡过鲁尼又搞上巴洛特利之类艳闻，这背后难道不也是在暗示：球员和三版女郎一样，是可以自由流通的商品。

在这么多当家球星逐年流失后，阿森纳球迷还对范佩西如此愤慨，多少是因为七年无冠心态扭曲。范佩西和安德烈·桑托斯中场休息时在场上交换球衣，好友之间的温馨之举，居然被放大为一场捍卫兵工厂节操之战。安德烈·桑托斯自我辩护称在巴西，中场交换球衣司空见惯。而温格指出，英国法国和巴西的文化背景是不同的。没错，在英国，足球仍然是一项古老的铁血运动，象征着一些古老的传统价值观：基于忠诚的荣誉感。

因此他们总是难以原谅犹大，尤其是范佩西这样原本被树为忠臣的犹大。但同时他们又那么喜欢看狗仔队的足球绯闻。在一个剧变的时代里，每个人都在足球场上空飘来飘去，追随足球诡异的线路，想努力把球停下来，就这样把欲望和尊严,投射在一个虚妄的空间。英国诗人拉金的名作《去教堂》表达过现代人信仰凋敝的孤寂感，然而却又残存微茫的敬畏感——“无帽可脱，我摘下自行车夹勉强略表敬意。”

> 而这一切永远不会被人摒弃，
> 因为永远会有人突然间发现，
> 自己渴望变得更加严肃，
> 他与这种渴望同被这块土地吸引，
> 他听说在这地方人会变得聪明，
> 哪怕只因为周围躺着那么多死者。

周末去足球场取代了去教堂，足球场俨然成了现代人的大教堂。越是在宗教信仰缺失的时代越是需要某种基本的道德凝聚力，不管是对于族群、地域、社区来说，还是对部落化的新人类，以及对品牌符号化的消费社会而言，足球都提供了一种集体身份认证和道德黏合剂。毕竟足球场和教堂一样寄托了一代又一代亡魂的激情和忠诚，人们在这里找乐，也努力寻找某种集体仪式感，渴望在这里变得更加严肃。

但在老同学聚会上，你难免会统计一下不断攀升的离婚率。

（2013）

绚烂之极归于无聊

每天回家都会经过某大商场，都会在拐角处碰见迈克尔·欧文。那是天梭表广告，欧文透过橱窗凝视着我，他不再玉树临风，可又没到野鹤闲云的份儿上，于是竭力挺直腰板，站成一尊成功人士的经典雕像。

前阵在草莓音乐节上，瞻仰唐朝乐队长啸归于残喘，丁武在舞台上讲了一番“平淡才是幸福”之类教导80后90后乐迷，摇滚先锋摇身一变成了辅导员。当一个人热血渐冷，有两个办法，要么强打鸡血，要么苦熬心灵鸡汤。但大多时候，你老人家只是把自己多余的口水当做鸡汤了。

绚烂之极归于迷茫，绚烂之极归于绝望，绚烂之极归于腐烂，但大多时候，绚烂之极归于无聊。命运最残酷的打击，往往是连“残酷”的戏剧性也不给你，而陷你于无情可悲无泪可滴的尴尬境地：那就是无聊。现代人的宿命就是无聊，闲暇越多，无聊越爆棚，而足球就是发明来让你老人家对抗空虚、解决无聊的。足球场就是工业文明的后花园，而越来越高精尖的足球产业和文化工业，又把足球运动员包装打造成一个又一个金光闪闪的铁人，你一旦受伤，一旦零部件坏掉了，就只能脱轨。欧文脱轨多年，难为他还能摆出天梭成功人士的范儿，但一个街头足球小霸王就这样摇身一变成为一个白领哥，欧文现在看上去只缺了一个腋下的公文包，就像一个证券交易所刚刚升职的跑堂伙计。

无聊的人有时候通过笑，有时候也可以通过泪，得到拯救。

比如 2006 年，当 C 罗和鲁尼还是红魔孖宝的时候，就曾经联手在德国开了一家自来水厂。他们的眼泪像自来水一样稀里哗啦：鲁尼红牌下去之后在更衣室哭成喷泉，C 罗则是赢球也哭输球也哭，只要终场哨一响，C 罗眼睛一眨，全世界就知道水龙头打开了，于是摄像机一齐在那一刻对准他。

西葡大战终场哨一响，C 罗双眉如乌云聚拢，一场豪雨眼看呼之欲出，至少来点毛毛雨没问题，但小 C 五官乾坤大挪移，双眉拧了又拧，水龙头还是没水！最后只好冲死盯着他不放的摄像机狠狠吐了一口口水。

英德大战终场哨一响，鲁尼也像头犟牛一样憋了半天，但既然在场上没吃上什么草，当然也挤不出奶，憋了半天只憋出一身汗，最后进更衣室撒泡尿算逑。德国世界杯的时候英格兰出局后洪水泛滥，杰拉德、费迪南德、鲁尼还夸张到出书用泪水骗钱的地步，而这一回三百棍也打不出一个闷屁。加斯科因的泪，欧文的泪，贝克汉姆的泪，鲁尼的泪……英格兰的泪是源远流长的，但这次旱灾降临了，他们无泪可流，用泪水灌溉出来的英格兰悲剧美学终于破产。别再拿裁判误判来粉饰英格兰悲剧美学了，哪有什么“悲情英格兰”？我只看到无情英格兰，乃至无聊英格兰。

某品牌为鲁尼和C罗精心塑造的塑像有如泥牛入海。没有血，没有泪，只剩下口水，只剩下汗水，只剩下油水——赞助费可一分不少。

英德大战看台上再次出现了滚石乐队老妖精贾格尔——但1998年黄健翔不认得他，如今的段暄刘建宏还是不认得他，可见摇滚乐在中国的传播仍然有限。当年贾格尔为欧文那一次惊世骇俗的狂飙突进挥拳怒吼，在欧文射点球时双手合十祈祷，我为这一老一少写下过一篇《贾格尔与欧文》，当时同事还希望我改改标题，怕读者不知道贾格尔是谁。后来我在香港和上海看过两次滚石演唱会，2009年在杭州也见过一次欧文，我只能说：欧文比贾格尔老得更快。1998年前我写——

“青春。欧文。像一块滚动的石头，朴实，无畏，狂暴。”12年过去，没有欧文的世界杯，看看鲁尼，再看看C罗，又想起柏桦的诗《青春》：

冬日的男孩一寸寸进步
他进步的热泪
焚烧了良心的海市蜃楼
此时，爱抱怨的人找不到医生
他疯狂于皮包骨头的痴情
……
怀才的秋天早已死去
笔直而无知的疲倦累垮了空气
他不断驱车
哭聋一年一年的耳朵

然而现在，我看到夏日的蛆虫一寸寸进步，皮包骨头的痴情，进步为脑满肠肥的滥情，我看到进步的热泪，沦为汹涌的油水，我看到“巫巫栽啦”沸腾的大油锅中，烈火青春转瞬沦为一根老油条。

1998年我曾引用贝利的话，他称赞欧文少年老成：“欧文踢得有多好，他就有多大。”我还说：“英国足球拥有欧文，就像英国诗歌拥有济慈。”济慈就活了二十六岁，欧文的足球巅峰，很不幸，也只维持到差不多二十六岁。

当足球非但无法对抗无聊，反而还加剧了无聊，那该如何是好？鲁尼和C罗都有精彩的嫖娼史，而欧文也有惊艳的赌博史。

人类无聊的潜力是无穷的。

（2010）

干爹阴谋论

干爹，是被摧毁得最彻底的一个汉语词儿，除了郭美美们，球迷亦有巨大贡献。

即便是90年代克鲁伊夫梦之队那会儿，我对巴萨也没有痴迷到如今这个地步，因为那会儿萨基和卡佩罗的米兰同样令人欲罢不能，甚至那场4比0经典大战也没令我多受伤，因为巴萨输给了另一支梦之队。很长一段时间里，米兰都是我和巴萨之间的一个老情人，虽不至于演变为劈腿，也算心头一块痒痒肉。

但现在我发现我对米兰已经无所谓了，上次他们在酋长球场我居然那么盼着阿森纳再进一个两个淘汰米兰。而当米兰在诺坎普被巴萨淘汰，我甚至觉得如果尤文图斯逆转夺取联赛冠军会是一件很酷的事。结果米兰果然连败，拱手让出榜首。别怪我薄情寡义，实在是米兰的“核心价值”出了问题，球风变得不再那么细腻悦目，关键是心态越来越浮躁功利。比如圣西罗草坪固然是难治的硬伤，但并不是不可以痛下决心去改善，长远来说这对自己也是巨大的伤害。在尤文新球场即将落成之际，米兰双雄还沦陷在一个烂球场中不可自拔，当舆论纷纷抨击米兰主场草坪以及米兰对草坪的糟糕态度，他们非但没有自我反省，反而还在婆婆妈妈喋喋不休地把诺坎普之败归咎于点球。

伊布宣称“终于理解穆里尼奥为什么每次和巴萨赛后都要抱怨裁判了”，这只呆鹅终于把 AC 米兰的价值观也给拉低下来。可怕的是，穆里尼奥的价值观和行为方式已经逐步传染了整个足坛。

《每日体育报》前几天用一幅漫画最好地总结了穆里尼奥的价值观和行为方式：一句谎言重复一千遍就会变成真理。漫画中穆里尼奥说：“巴萨在西班牙和欧洲大肆窃取！！！这句话，我至少重复说了五千遍，这就是我成功的秘诀。”

皇马俱乐部跟他交代过要管管自己的嘴巴，于是他干脆经常让卡兰卡去当自己的传声筒，更离谱的是居然纵容自己的新闻发言人帕拉梅斯成天在推特上用各种方式重复“裁判帮助巴萨在西班牙和欧洲大肆窃取”的观点。穆里尼奥这位独行侠，豢养了佩佩这样的打手和帕拉梅斯这样的看门狂犬，这就是皇马现在的形象。除了巴萨，他们的欧冠对手拜仁也一直对他不屑，贝肯鲍尔和鲁梅尼格一直抨击穆里尼奥的为人。

皇马的核心价值观，还是被穆鸟给拉低下来。

穆里尼奥的核心价值一言以蔽之，其实就是“干爹论”。一个社会越是不透明，越是缺乏自由度，阴谋论就会越盛行，这就是为什么“干爹论”在中国球迷中尤其流行，而且已经流行到极其荒诞可笑的地步：但凡出现稍微有利于巴萨的判罚，很多人就跟小便失禁一样“干爹！干爹！”个没完。干爹论，似乎成了对付瓜迪奥拉这支巴萨的最大武器。

“干爹”这二字在社会政治领域，在郭美美和齐B小短裙的推动下，或许还具有伟大的反腐意义，但在足球领域，“干爹”已经变得毫无意义，就像社会政治领域中的“五毛”这个词，甚至连骂人的功能都丧失了，它们扼杀任何交流的意义和交流的可能性，最终“干爹论”取消的是足球的乐趣，助长的是庸众的戾气。那些喜欢在看球的时候小便失禁般大喊干爹的人，同样是下列词儿的热爱者：叫兽、砖家、妓者、巴傻……这些谐音贬义词有助于他们把这个复杂的世界通通拉低到他们的档次。

干爹论是弱智球迷的通行证。

（2011）

碧咸考

在澳彩的大力宣传下，如今再不懂鸟语的人也都知道“碧咸”到底指的是哪只小鸟，但《南方体育》的血红标题——“碧咸劫”——还是引起了一点争议。然而即使是惨遭劫财劫色的英迷孙三儿，在用其祖籍东北、父籍山东以及现籍北京三种方言铿锵有力地念上三遍之后，也承认此乃本报经典标题。这才叫汉语的诗意，以及——侠义！不信，您改成“贝克汉姆劫”试试。

一个“碧”字念上去唇齿生香，犹含软玉，然而一个“咸”字似乎又败了胃口。反对者认为此字不雅，至少不像港人把布莱尔译成“贝理雅”那么雅。但译成“汉姆”就雅吗？阁下说的是贝克两公婆，还是一个叫贝克的男保姆？

无奈英国佬实在老土，ham 这个词根太滥，街道名字到处都是“咸”，把香港弄成咸港——想想也是，哪个港口不咸？

一定要找译音相近的字眼，就唯有“碧闲”甚至“碧娴”了。这倒也符合小碧说话的娘娘腔，估计喜欢小碧的gay友也更喜欢，但如今小碧也快成老碧了，“碧娴”这样的美名还是等到维多利亚生个千金再给碧公主安上吧。

质疑“碧咸”译名的碧迷认为如此粗俗的译法，就像在一杯果汁里倒进一大勺酱油。好吧，那我就从饮食角度来探讨这个问题。广东人喝豆浆有甜亦有咸，有时甚至在甜豆浆里放一点点盐，而众所周知，新鲜杨梅蘸点盐更好吃，甜与咸并举，酸与辣齐飞，才是更高境界。“吃在广州”，连菜名都诗意无穷，何况区区一个球？比如这道“碧绿咸猪手”，本来也就是咸猪手里放些青菜（一般菜梗为多），然而一盘菜的色香味立马变得多元化，咸猪手的品位立马得以提升，就好比托蒂突然在记者招待会上唾沫横飞说起文艺复兴和达·芬奇，好比碧咸先生在输给葡萄牙之后突然像他儿子布鲁克林一样背诵了一段莎士比亚的《仲夏夜之梦》——英葡战前，布鲁克林确实在幼儿园演《仲夏夜之梦》，导致维多利亚分身分神——总之就是给英格兰足球带来了可贵的“人文精神”，可见碧绿对于咸猪手的重要性。然而咸猪手毕竟是控股80%的，没有咸猪手，“碧绿”二字就不成立，只不过是几根涉世未深的小嫩菜而已。因此，“碧”和“咸”唇齿相依，须臾不可分离，实乃人间绝配。

一个“咸”字，也令小碧显得没那么小家碧玉，而顿生一股令舌尖为之发麻的豪气。“咸猪手”在粤语里比喻爱揩油的小色狼，用来形容身陷桃闻的英格兰队长有些过分，但也不算离题。至少 gay 友会失望地发现原来小碧不像说话那么阴气逼人，对女色原来还如此咸湿——只有湿热的亚热带港口，能够像培育会飞的蟑螂一样，培育出这样充满肉欲鲜嫩多汁的粤语：咸湿。碧和咸，互相解构而又相辅相成，呈现了一个亿人迷的双重形象：雌雄同体，或者说奶油小生和老流氓浑然一体，自我与本我合一。

起名字的学问原来如此高深。

对皇马这样喜欢装高端 B 的球队，名字就更加重要。比如劳尔的中文名字就不大好，香港人居然也没想起更好的名字，同样“劳尔”了事，结果活生生把原本仙风道骨的这位哥哥逼成扛包的劳模。当初真不如照西班牙语译成“拉乌”。

至于菲戈，你可以联想到一骑绝尘上天入地的“飞哥”，只不过菲戈现在正处于从“飞哥”到“废哥”之间的尴尬年龄，喜欢把他叫成“费戈”的《体坛周报》实在毁人不浅。

在坚持按法语把亨利念成“昂利”的原教旨主义者看来，没有齐达内，只有齐丹。的确，照这么说史书乃至莎士比亚剧作中的亨利四世五世之流都得改叫昂利 × 世了，而不管按法语还是按英语，“齐达内”更是大错特错，也许译成“济丹”更符合齐秃“济世仙丹”的功效——这济丹跟保济丸是不是有一拼啊？要命的是，这么一来解说员未免太像卖鸡蛋的了。

然而，“齐达内”堪称一个空前也可能绝后的球星中译，一个极富中国传统哲学精神的伟大译名，简直比吾国著名歌唱家任贤齐的名字还好，直逼吾国著名武术家齐天大圣。老庄哲学传统讲求齐物我，齐是非，齐贵贱，齐生死，一个“齐”字摆平天下，符合齐秃的江湖无敌地位；至于“达内”，既符合齐秃内敛的性情，也大有天人合一、四海一心之意。哲学系的兄弟请注意，下回写论文就用“齐达内”作标题吧——《齐达内：论〈道德经〉的深层结构》或《齐达内：论〈逍遥游〉的美学境界》。

因此，我反对一刀切的语音决定论，比如“旺热”念起来虽然更准，但完全不符合阿森纳教授的格调，倒更配曼联那位红鼻子苏格兰船工。

碧咸，则是音义兼备色香俱全的至高典范，在体育领域唯一可与之匹敌的是“燕浩云”——埃因霍温。

（2004）

又及:2009年,香港作家陈云撰文《咸湿》,其中解释了“咸猪手”和“咸湿”之由来——

因德国有“咸猪手”(南部德文 Haxe)之名菜,港人新造俗语“咸猪手”,手脚不规矩,乱摸女人也。事缘上世纪90年代,香港通过法例惩治办公室之性骚扰,上司借故靠近下属,大肆非礼,报章戏称之为“咸猪手”,此词遂流行。

对“咸湿”则有两种解释推断。一是从粤语“淫湿”之音转,淫与盐音近,盐与咸于颇多粤方言又是押韵之近音,故此“淫湿”便音转为“咸湿”。另一说“谓咸湿之词乃上世纪二三十年代港岛西环石塘咀之妓女所创。塘西风月,贵贱不拒,当年妓女颇多接待码头苦力。该等男人终日劳累而流汗,海风吹拂,皮肤结盐,惹来一身咸水味,故称该等上门寻芳之急色男子曰‘咸湿佬’”。

为叛国球迷一辩

作为一个“80后球迷”——也就是1980年之后开始看球的球迷——我的心从一开始就分裂成两半，一半是中国，一半是巴西。

1982年，我开始读《红楼梦》这样的经典文学，但很不幸，曹雪芹彻底败给了济科和容志行，这可能就是我为什么无法成为一个正儿八经的作家，也做不了一个遗世独立的人，因为在我看来虽然白茫茫大地一片真干净，但假如有一个足球在大地上滚来滚去，岂不是更妙。

1982年容志行来汕头参加一场地方友谊赛，我逃课赶去朝拜，因为没有看台，观众争相挤到球场上去，于是我挨了警察狠狠一鞭子，这就是我第一次现场朝圣足球所得到的纪念：一道血印。这似乎预示了后来我在中国足球面前的遭遇：被虐。

到了我当足球记者写足球评论的时候，我对中国队的感情已经远不如小时候。不过当中国队十强赛出线，我在沈阳绿岛宾馆还是深情拥抱了眼睛通红的范志毅。这恐怕也是我和中国足球善始善终的一个告别。我对日韩世界杯的中国队不抱希望——问题是球员们似乎也和我一样不抱希望——而日韩世界杯是我作为球迷最美好的一次经历，因为巴西队从狂胜中国队开始，最终一举捧杯。

我的朋友沙洲是头号巴迷，1986 年他紧张到不敢看巴西对法国的电视转播，直到一大早起来收听广播——“在昨晚进行的世界杯四分之一决赛上”，听到新闻播音员先念出“法国队”，他的眼泪已经下来了。沙洲写过一篇汉奸足球经典《偏执狂自述》，说他的梦想是有朝一日巴西迎战中国，当比分已经是 10 比 0 的时候，他挥舞着巴西国旗冲向中国球迷，然后被暴揍一顿。但 2003 年巴西队在广州被中国队 0 比 0 逼平，当时沙洲戴着巴西队绿帽子混迹于中国球迷之中，脸色铁青。

在联合会杯上，西班牙 10 比 0 狂胜塔希提，开球之前塔希提球员向西班牙球员敬献了贝壳项链。中国队应该向对手敬献啥好呢？——显然是由乒乓球串成的项链。

又不得不白头宫女说玄宗一般扯到容志行。如今已经没人再把“志行风格”的腌菜刨出来下饭了，这么多年来，你可曾听说容爷对中国足球发表过什么议论？人们只是见过这老头在迎亚运时举着火炬默默跑了一小段。北京奥运前，王小山好不容易在广州约到容志行吃饭，以为能撬开他的嘴巴，没想到关于中国足球，容志行只说了一句话：“我们还是不要再提那个圆圆的东西了。”

这位被尊为当代中国足球史第一人的偶像，把足球称为“圆圆的东西”，似乎中国足球已不配被当成足球，新志行风格，是用另一个“圆圆的东西”——太极八卦？——消解痛苦，消解足球——这个带给中国人过多痛苦的邪物。

北京奥运最富于时代启示录的场景，是在工体巴西对阿根廷小罗对梅西的大战上，球迷山呼海啸“谢亚龙下课”，这些球迷其实是以施虐者的姿态在受虐。后来谢亚龙不单下课而且还下狱，但他宣称被刑讯逼供，这个没有证人出庭的审讯确实疑点重重，即便谢亚龙罪不容恕，这种急于“办成铁案”的做派也是罔顾司法程序的，那些高呼谢亚龙下课的球迷爽到了么？

假如面对巴西阿根廷这种星球大战，您老人家还只顾在澡盆里跟中国足协玩鸳鸯戏水，假如在跟西施小姐 XXOO 的时候，您老人家还不停地高喊东施大人的玉名，那么也只配跟东施滚床单去了。

工体中国对荷兰之战，当谭晶引领高唱国歌，那些身穿荷兰橙色战衣的80后90后中国年轻人神情尴尬，唱也不是，不唱也不是。这是第一次有歌星在中国足球队主场领唱国歌，而这一庄严仪式反而加剧了情感冲突：全球化和爱国主义在这里撞了个鼻青脸肿。当秦升早早吃红牌下场，刘建宏老师似乎就顶替他隆重登场了，他在电视上滔滔不绝地发表了爱国主义长篇演讲，身穿荷兰战衣的中国球迷让他“心里真不是滋味”，于是他甩鞭子一样甩出了一个婀娜而又娉婷的爱国主义问号——为什么中国球迷不能支持自己的国家队?

从三里屯到工体一带，眼下是中国最为国际化的地段之一。平常经过工体只能看到绿油油的一片国安球迷，而那天绿油油变成了黄澄澄。那是南非世界杯决赛当天，我在工体的酒吧看完球出来，发现路上尽是黄澄澄的行尸走肉，荷兰球迷以及少部分中国荷迷成群结队，绝望地等待出租车——或者不如说是救护车。而现在荷兰球迷和中国的荷迷再一次成群结队为荷兰队加油，由于中国队的拥趸大多没有统一着装，看上去工体大有“红旗变了颜色”的意思。

这正是全球化在中国的结果——我甚至想用硕果这个词——足球原本应该是国族主义的圣坛，但在中国，足球也日渐起到瓦解狭隘的国族主义的作用。

有一年巴萨访华，在丰台体育场，一位国安大老爷们挥舞国旗，冲到一大群身穿巴萨球衣的中国球迷面前示威，愤怒地质问："巴萨是你爹啊？！"他的意思似乎是：唯有大北京，唯有国安，唯有中国，才可以是说一不二的爹。而一位名记正告那些身穿橙色球衣的中国荷迷：一个中国球迷，必须无条件地支持自己国家的球队，因为祖国是你无法选择的，这是与生俱来的。

他的意思无非是：爹妈是由不得你挑的。祖国总是被等同于母亲，这个令人发指的比喻贯穿了整整一部中华人民共和国音乐史，并由汪峰把它推向涕泪横流的高潮。

我当然不是说不应该支持中国队——实际上我也盼望中国队踢得更好——但对于任何解构"祖国母亲"神话的事情，我向来都兴致盎然。

在输给荷兰之后，中国队又在合肥制造了中国足球史上空前的惨案：1 比 5 输给泰国青年队，这也导致卡马乔下课。几乎可以肯定有球员消极比赛，以此逼迫主帅下课，而中国足协在决定与卡马乔解约的同时，又宣称在中泰之战比赛态度消极的球员以后将被摒弃于国家队门外。这一出苦肉计，究竟是爱国还是叛国，已经傻傻分不清楚。

但在解构爱国主义神话之前，最好先稍微为中国足球松绑。

阁下可曾在重庆红歌会上高呼过薄熙来下课，在红色列车上高呼过刘志军下课？我是想说：中国社会的很多问题，都被一股脑扔进中国足球这个万人坑了，足球既是爱国主义圣坛，又是一个“万恶的天朝”的垃圾焚烧场。足球在中国严重超载，必然陷入因爱生恨的恶性循环。

当民众情绪的出口和通道越来越少，社会的压力锅效应就会愈演愈烈。看看眼下的巴西就明白了——人家球照踢，街照上。尽管中国媒体喜欢夸大巴西示威游行中的个别骚乱，但总的来说那完全是一场和平示威行动，甚至也得到政府的认可。巴西人并不是不支持巴西队，但他们反对以足球的名义以世界杯的名义转移公众视线，转嫁社会危机。已经参政的罗马里奥更是批评世界杯沦为贪腐的温床，批评国际足联在巴西建立了免税的“国中国”。示威游行的民众为内马尔在球场上的杰出表现欢呼，而内马尔也公开支持示威者。这才是足球和政治的良性循环。我已经不只是巴西队的拥趸，而且还是巴西球迷的拥趸，巴西球迷也可以教给中国球迷很多东西。

关于贪腐的温床，至少我们知道在大运会之后，深圳市长许宗衡就被双规了。

体育在当今世界作为大众文化尤其是青年亚文化，已经越来越不只是重塑地域和国族认同，更是在形塑一种“世界公民”的身份认同。不管是欧洲各大联赛还是欧冠，不管是世界杯还是NBA，都在促成新世代中国青少年向世界公民演变。不管是从运动激情还是从人生励志来说，不管是从审美情操还是从多元文化来讲，正是这种健康的体育大众文化，最有助于所谓“普世价值”的传播和熏陶。

一个人有权利选择自己的性取向乃至性别，当然也有权利选择自己的国籍。但爱国主义道学家总是习惯教育人们：即便你可以选择国籍，你也没法选择祖国，这是与生俱来的。然而恰恰正因为祖国没法选择，那些球迷才会选择外国球队，选择“叛国”作为一种替代和移情，从而跳出老一代爱国球迷施虐与受虐的恶性循环。

汪峰的《我爱你中国》让我想到某支名字开天辟地的乐队，他们有首歌唱到：“真想打烂她的脸，祖国母亲她不要脸。”

其实他们想打烂的，是劫持祖国的、国家的脸，是劫持国家的、爱国贼的脸。

（2013）

恨国主义大战爱国主义

请问你有多久没唱过国歌了？退一步说，阁下听国歌时还会热血沸腾吗？

联合会杯上巴西人高唱国歌那一幕令我扪心自问。

国际足联嫌巴西国歌太长浪费时间，精简伴奏只播出节本，但巴西球员坚持在无伴奏的情形下唱完国歌，最后的清唱反而更为慷慨激昂，他们引领全场大合唱。当时巴西正爆发大规模示威游行，也有不少人反对举办世界杯，但这并不妨碍巴西人的精诚团结，不妨碍巴西队既支持示威游行的民众，又恪守职业球员职责捍卫国家荣誉。这样的爱国主义是令人钦佩的，它不单不会和“爱政府”相混淆，反而为抗议政府的示威行动提供了巨大的精神凝聚力。有一个经典镜头：警方向示威者发射烟雾弹，一位示威者飞起一脚将烟雾弹踢回去，精准地击中警方的大巴——这就是巴西国粹。

而一旦中国人也将足球与爱国主义捆绑在一起，注定是孽缘。

1985 年 5 月 19 日中国队在工体输给香港队，第二天在学校升国旗唱国歌时，我居然颓得唱不出来。我最后一次在足球场上奏国歌时被打动，是 2001 年在沈阳五里河体育场，中国对阿曼，那场比赛使中国队终于历史性杀进世界杯。但大半年之后在世界杯赛场上，赛前奏国歌的时候我完全无感，因为作为一个随队记者，我很清楚有些球员也和我一样，甚至比我更无感。相比民族主义情绪狂热到有些矫枉过正的太极虎，中国龙飞不起来，正是韩日世界杯让我第一次切身体会到一个巨大的悖论：尽管中国的爱国主义教育无所不用其极，尽管狭隘而极端的民族主义比起韩国人有过之而无不及，但到了真需要实打实硬碰硬的爱国主义的时候，中国人即便不是一盘散沙，也很难拧成一股绳。

爱国主义被长期劫持和利用的严重后果就是：爱国贼和卖国贼的对立。俨然天下皆贼，国将不国。盘古乐队当年有一首歌叫《恨国者》，恨国者以此为自己正名：恨不是卖，恨国者与其说是恨这个国家，还不如说恨国家机器，但有时候恨得昏天黑地也就一锅端了。恨国者有些是无政府主义者，而有些其实只是爱国未遂患者。

中国足球身上涂满了来自爱国者和恨国者的唾液，爱国球迷怒其不争，往往因爱生恨，但恨其实还是爱的另一种扭曲的表达；而在恨国者那儿，中国足球等于这个国家的最佳替罪羊。这就是为什么在惩治中国足协腐败案的时候，极少有媒体和公知（更不要说普通球迷）关注谢亚龙案有违司法程序的疑点，因为大家都迫切需要有这么一个替罪羊以供发泄。

推至极端，恨国者恨的恐怕就不只是国了，而是人。盘古的《恨国者》尚有一种沉痛悲壮的力量乃至情怀，而更多的恨国者只剩下轻浮的恨意。

比如向来在微博上以正义公知面目示人的作家天佑发微博称："东亚杯首场比赛，国足将迎战并未派出主力的日本。大家猜猜：这群王八犊子能输几个球？"

足球解说员贺炜对此评论说："自强者天佑，自鄙者天谴。盼着同胞出丑，是多么洋气的价值观。"

动辄嚷嚷"血洗小日本"的爱国球迷固然愚蠢，但把中国球员说成"王八犊子"送去挨宰，也够病态。差不多同时，从冀中星爆炸案到中日足球比赛，都再次反映了这个社会的极度分裂和分化。中日足球之战，很容易让爱国主义和恨国主义双双达到高潮，然而极端爱国主义和恨国主义其实分享了相近乃至相同的逻辑：骂日本球员为龟孙子的人，和骂中国球员为王八犊子的人，其实是同一类人——尽管后者占有更多的智力优越感以及某种“反抗强权”的道德优越感，然而他和他鄙视谩骂的“爱国五毛”一样，其实接受的是同一种仇恨教育，无非是五毛五笑五毛而已。

中国队战平日本队之后，作家天佑拉不下脸，又继续宣称日本队只是一帮三线球员，没几个J联赛的，甚至可笑地强调中国队获得了两个点球，这些极为外行的言论无非是想证明“这群王八犊子”是胜之不武或者侥幸逃生，为了嘲弄中国球员，真是龇牙咧嘴不惜五官挪位。

爱国者和恨国者有时候容易犯同一个毛病：只见国，不见人。中日比赛看台上，有中国球迷打出这样的标语：是男人，就要对得起这面国旗。其实最重要的应该是：对得起自己。以前中国足协喜欢对球员进行诸如“国旗在我心中”之类爱国主义鼓动，甚至要求球员跟学生一样发表演讲或写作文，这种空洞煽情的泛政治化教育，效果可想而知。

而洗脑式爱国主义教育的硬币翻过来，就是球还没踢，球员已经被正义公知当做去找死的王八犊子，已经被当做爱国主义的殉葬品。这让我想到南非世界杯时，李承鹏痛骂流泪的郑大世——“郑大世那张忠贞如兵马俑的脸，你该知道他就是体制。”

我理解李承鹏兄批判煽情洗脑式爱国主义的良苦用心，但为了反体制而歧视一个个体，进而歧视朝鲜人这个群体，不幸又走到另一个极端，而这一套貌似反体制的逻辑，其实还是来自那个体制。这跟他在另一篇文章中为了支持所谓的网球“底层路线”，为了支持李娜而制造莫须有的对立，将孙晋芳称作“一个身材走样的中年妇女”一样——似乎这样才能反衬出反体制的优美身材。

很多关于朝鲜的言论已经涉嫌构成种族歧视，像希钦斯（Christopher Hitchens）这样的超级公知也未能免俗。2010年他写过一篇《一个种族主义侏儒的国家》，缺乏根据地把朝鲜人和韩国人的身高差距定为六英寸，他对种族主义的批判和指控，不幸也多少演变为另一种种族歧视——朝鲜人被斥为“种族主义侏儒”。其逻辑很容易将政权和人民混为一谈。假如循此逻辑，乃至进一步，将国家与个体混为一谈，那么中国人也不免经常要受到来自西方世界的类似攻击。而2008年李承鹏曾经骂CNN主持人患有口蹄疫，从而为又一场爱国主义狂欢火上浇油。

吾国人民将继续在爱国主义和恨国主义之间飘来飘去愈演愈烈。

假如有个中国球员像郑大世一样，在升国旗奏国歌的时候流泪呢?

但愿他的脸能向李承鹏而不是向郑大世靠拢，否则又会被当做正版兵马俑，被当做体制的代言人乃至替罪羊。

恨国主义和爱国主义，其实是一对好基友。

(2013)

土豪的红心

恒大有意无意精心组成了一个V字仇杀队，邀请了菲戈和耶罗这二位2002年世界杯的苦主来观战，再加上意大利人里皮，葡萄牙，西班牙，意大利，欧洲三侠和恐韩症的中国人一起，联手向韩国人讨债来啦。赛后里皮居然跳到埃尔克森身上，双脚合腰，做出忘年基友的激情动作，感觉是意大利或尤文夺冠的样子。

赛前恒大找了一帮足球宝贝土妞儿出来助威，身上居然都涂写着"土豪"两个大字，这倒是颇有广州人的幽默。中国足球谁比谁洋多少？别的人也土，但是不够恒大豪，或者即便也是土豪，却又不够金。我即便不是恒大球迷，也算是支持者。我对国家队比赛兴趣有限，已经多年不去现场看，但恒大的亚冠主场看过两次，踢得确实好看，并且天河体育场（简称天体！）的球迷氛围太棒了。

恒大豪胆包天，竟然敢提前策划好夺冠后的文艺庆典，万一首尔FC最后关头来个绝杀怎么办？——实际上他们不是没有机会啊——好一出土豪历险记。策划赛后庆典的时候，应该尚不知道三中全会具体日期，因此这个巧合对许家印来说实在是完美得令人发指，以至于大家也不再去苛求比分了——原本的算盘是3比0。

以至于《人民日报》微博都转发了时评家石述思先生高屋建瓴黄钟大吕般的评论："恒大亚洲夺冠是对三中全会一份厚礼。改革任务很重，足球却验证了一个道理：在不差钱的中国，只要用钱的主体是企业，钱用对地方，还是可以出成绩的，相信市场，相信企业，相信职业化，'土豪'主导比政府主导强。中国足球，没白瞎习大大对你们的关注和期待，恒大，好样的！"

能够用不到一百字如此精辟清晰地道出官和商的共同心声，不愧为时评家，不愧为《人民日报》。美中不足的是为什么不进一步拔高，把恒大夺冠说成在体育战线为三中全会吹响改革号角什么的？我本来很想好好探讨一番里皮的用兵之妙——比如黄博文在前郑智在后的布阵——但既然好多人喜欢把球踢向祖国母亲，踢向三中全会，那我也不妨稍稍"意在球外"。

恒大队似乎俨然一跃成为“中国足球代表队”，央视不断在强调“中国人”这三个字，尤其是所谓“中国人也能踢好足球”，这话你不能说他说得不对，但是总觉得不对劲——恒大里头还有巴西和阿根廷人吧，还有韩国人吧？米卢则将恒大夺冠与当年十强赛出线相提并论。总而言之，国安球迷、鲁能球迷、申花球迷，等等等等，今夜你们通通都被恒大给代表了。不可否认，这场比赛有无数的非恒大球迷也都在为恒大欢呼，但我也看到有网友评论说：“祝恒大成为中超十冠王，成为亚冠十冠王！但拜托，你还是跟我没关系！”

2002 年世界杯有一回巴西队记者招待会，大部分巴西记者懒得向斯科拉里提问，我的巴西同事伊利克告诉我几位巴西记者的私下对话，一个说：早点回家吧（指巴西队），老子早烦透了，科林蒂安万岁！另一个说：我除了圣保罗队不关心任何球队。

同样，你不妨去问问天体的恒大球迷，到底有多少人知道国家队亚洲杯小组赛下一场在哪打，跟谁打。估计大多数人不知道吧。

这就叫做足球的地域（以及社区，社群）文化，你不一定非要一下扯到国家民族（嗯，除非你姓 CC 名 TV）。

2010 年恒大突然用李章洙取代彭伟国，我在《南方都市报》

写了一篇小文提了点意见，无非是提醒恒大要注意尊重本土足球文化传统。前不久我才听说，该文发表后次日，恒大便派人来找报社体育部负责人沟通，据说主要是来问这篇文章究竟是什么意思。我的意思，一言以蔽之就是“敌油”（发音为 diu，但是我总不能把“屌”字写到大标题里去），我不过是用广州球迷这一余音缭绕的粗口（或者说感叹词），来强调一种粤语本土足球文化传统和集体记忆——所谓越秀山情结。

我承认当时并没有预见到恒大会如此迅速地下这么大一盘棋，但好在从越秀山到天体，广州球迷文化血脉相承。当然，天体的粤语粗口少了，没有越秀山时代那么搞笑，问题是你得先看看这个城市的发展：外来人口激增，城市大大扩张，尤其是天河成为新的中心，而恒大队也是所谓“外地人”投资，以外地球员和外籍球员为主。当球队差不多只有一个本地球员（冯俊彦）偶尔能捞到一点替补上场时间，你老人家确实不应该再一味怀旧。往昔的越秀山体育场在剑拔弩张中犹有一种街坊老友一起叹茶谈笑的兴味，而如今真的国际大都市了，全球化了，向老特拉福德或威斯特法伦看齐了，球迷也成了有组织有纪律的红衫军了。这支球队延续了本土文化，又重塑了“新广州人”的凝聚力——恒大的老外球迷也越来越多。

作为球迷文化极为重要的标志和载体，球迷歌曲在中国一直可怜兮兮，可以说中国球迷几乎没能创造出自己的音乐文化。国人一旦要表达集体激情一张嘴只能唱红歌，恒大主场官方的励志金曲是《歌唱祖国》，而球迷的励志金曲则是本地说唱“东山少爷”的《广州队》，只有这样的粤语歌足以承载球迷的成长记忆和本土记忆。但还有一首更土更本土的球迷嗨曲，歌中唱“齐齐上山睇波一起高歌”。上山，就是上越秀山，不是资深老球迷不明所以。

幸好中场休息播放了《海阔天空》，引发全场合唱。《海阔天空》往往是在恒大打不开僵局，尤其是在落后时唱的，如果天下起雨，那就更为悲壮。无奈如今恒大主场落后的时候实在太少，唱这歌的机会越来越少，在联赛中就更是没什么唱的机会。但历经苦战最终夺冠，最需要这样一首歌来宣泄。

但庆典还是更像一个红歌演唱会，放完汪峰《我爱你中国》，后来又是《龙的传人》啦《红旗飘飘》啦。当然夺冠了，对球迷来说你唱啥都没关系，只要够劲他都会嗨，但广州人没事谁会在球场跟着哼哼什么汪峰孙楠？土豪和土鳖有时候只有一线之差，我不想说最后让孙楠高唱红歌是狗尾续貂，但请想象一下假如突然关闭广播，让灯光稍微调暗一点，让拉拉队起个头，全场再次高唱《海阔天空》，那感觉会如何？

只是许老板有更大的雄心——用粤语发音是：红心。

恒大做的当然是全中国的生意，没准下一步再全球大搞房地产也不奇怪。上回开两会，说是球队应该给老板长脸，结果老板当上了政协常委。而这回是三中全会，老板的脸简直遮天蔽日了。

赛后央视直播中，广东台记者居然问郑智："你想对老板说什么？"于是郑智连忙感谢"许家印教授"如何如何。许家印"由于在中国民族企业的现代管理理论上的研究与探索成绩斐然"，被其母校武汉科技大学聘为管理学教授。其实里皮在上任的记者招待会上就称许为教授。想起多年前，我曾写过一篇文章题为《中国足球要讲郑智》。许家印充分显示了民族企业家在商业与政治之间的登龙术。对照一下徐明，就知道许家印有多成功。

广州球迷还有个有趣的传统：嘘官员。这个传统一直从越秀山延续到天体，二十年前我在越秀山便听到类似的嘘声，那时候来的往往不过就是体委官员，而现在来的官越来越大，但不管多大的官，只要开场广播一一介绍"到场的领导"，球迷照嘘不误。但许家印是绝对不会被嘘的。球迷文化体现了这个城市的性格，广州人对政客和商人态度迥然有别，对有中国特色的官样文化本能排斥。想当年，刘盈福中场休息喜欢在看台上绕场一周跟球迷握手，如果换一个官员试试，谁稀罕您的油手油脚。刘盈福何许人也，一个香港小商人而已，花点钱居然混上了中国足协副主席。如今，他是无期徒刑囚犯。

刘盈福是个可怜的先驱，当年他能轻易赢得广州球迷的信任，与这儿重商的传统有关。刘盈福的失败其实也多少预示了日后许家印的成功。广州人感激许家印，但许家印也要感激广州人。

很遗憾，记者没有再问郑智：你想对总书记说什么？（不过石述思已经完美地回答了这个问题）

当然应该回答：感谢三中全会。从十一届三中全会到十八届三中全会，中国改革开放的经验或者说“中国模式”，最大的体现之一，就是土地，就是房地产。而中国足球今天总算有幸和中国房地产一起，比翼双飞了那么一下下。

恒大足球模式和中国足球模式不可混为一谈，恒大队跟国家队更不可混为一谈。李金羽痛感辽老大的沉沦，在微博上呼吁辽宁政府出手扶持。而石述思反对政府主导而倡导恒大式的企业主导，没错，恒大足球当然是企业主导，然而地产呢，难道也仅仅是“企业主导”？至于中国足球的职业化改革，最大的障碍之一始终是中国足协这个衙门。而中国足球改革之难，并不会因为恒大夺得亚冠而减轻，尽管蔡振华在1/4决赛恒大打莱赫维亚的时候，居然毫不避嫌地身穿恒大球衣，尽管恒大夺得亚冠，也会奇怪地成为中国足协的一大政绩。

看恒大夺冠红歌会的时候我忽然想起一首我们从小都会唱的红歌，一首最煞风景的红歌，那就是“打倒土豪打倒土豪分田地分田地”。中国足球总算登上亚洲之巅，但中国房地产也差不多登上亚洲之巅了吧。这个亚洲冠军，与其说是中国足球回报给中国球迷的礼物，还不如说是中国房地产回馈给中国房奴的一个礼物，接不接受随你。

我接受这个礼物，以后有机会还会不断去天体。不过请允许我再说些煞风景的话。

比如黄牛票都涨到几千一张，但这场决战天河体育场庄严宣布到场观众人数为42984，不知道另外万把人死哪儿去了？公安局不许人数过五万，因此每回体育场都在庄严地撒谎。能不能趁着夺得亚冠的热乎劲儿，来个与时俱进，下赛季衙门的大人不要再逼人家继续重复一个众所周知的谎言了？这难道要成为天体永恒的笑话?

最后说说V字仇杀队，决战之夜天体一片红色海洋中，赫然有人举出了一大块V字仇杀队的著名画像，无比醒目。

当然这恐怕就跟举个格瓦拉画像一样，耍酷而已，不要多想。

（2013）

又及：2014 年亚冠战火重燃，恒大对全北现代，赛前恒大设计了一款海报，写着两个大字——“郁佢”，相当于重庆的“弄他”。我喜欢这样方言的活力、本土的豪情——这是对“土豪”的另类解释。

弄他，弄他！郁佢，郁佢！

跋

本书是从我十多年来垃圾成山的足球文字中挑选出来并稍加 remix 而成。库斯图里卡那部马拉多纳纪录片的副题是“球迷日记”，我想本书也是一部广义的球迷日记，它更像是随笔而不是评论，充满了我个人作为一个资深球迷的体验、见证，以及偏见，因此，请不要试图从本书中寻获足球知识，尤其是技战术知识，以及所谓“客观”——在足球这个邪物上，不存在任何“客观”，除了电子眼。

感谢一直和我合作的编辑杨静武和孙瑞岑，值得高兴的是他们也是资深球迷。感谢魏籽的设计，尽管她不是球迷，但她深深理解球迷。

2014 年 3 月

图书在版编目(CIP)数据

生于午夜 / 张晓舟著 .
— 桂林：广西师范大学出版社，2014.5
ISBN 978-7-5495-5294-8

Ⅰ.①生… Ⅱ.①张… Ⅲ.①散文集－中国－当代
Ⅳ.①I267

中国版本图书馆 CIP 数据核字 (2014) 第 065575 号

广西师范大学出版社出版发行

桂林市中华路22号邮政编码:541001
网址:www.bbtpress.com

出 版 人　何林夏
全国新华书店经销
发行热线:010-64284815
北京汇林印务有限公司

开本:787mm×1092mm　1/32
印张:10　　字数:150 千字
2014年5月第1版　2014年5月第1次印刷
定价:36.00元